Collection S. Fischer

Das Leben, das ist der irreparable Diskettenfehler in Laufwerk A und die Backofentemperatur, die sich nicht mehr kontrollieren läßt. Das sind die Frosties, die schon beim Frühstück die Kälte in die Familie schütten, und das gesellige Raclette-Essen, bei dem man sich abends um Kopf und Kragen redet. Äderchen auf den Oberschenkeln. Schneematsch im Rinnstein. »Unbeständig und kalt« meldet die Wettervorhersage fürs restliche Leben, und die »Glückliche Fügung« ist da vielleicht das Schlimmste, was noch passieren kann.

Anke Stelling erzählt von einem Alltag, hinter dem sich lautlos der Abgrund öffnet. Mit lakonischem Witz, sanfter Trauer und feinem Gespür für das Beiläufige und Ungesagte hält sie ihre Figuren im Schwebezustand zwischen den Lebensphasen – zwischen den Jahren, den Städten, den geliebten Menschen.

Anke Stelling

Glückliche Fügung

Erzählungen

S. Fischer

Collection S. Fischer
Band 113

2. Auflage: September 2004

Veröffentlicht im Fischer Taschenbuch Verlag,
einem Unternehmen der S. Fischer Verlag GmbH,
Frankfurt am Main, Februar 2004

Typographie: Farnschläder & Mahlstedt, Hamburg
Gesetzt aus der Eureka
Druck und Bindung: Clausen & Bosse, Leck
Printed in Germany
ISBN 3-596-15974-1

Unsere Adresse im Internet:
www.fischerverlage.de

Amazing Grace

Ständig wurde im Radio auf die kontinentale Lage Berlins hingewiesen.
Silke hatte die Anweisung bekommen, einmal am Tag Zsolts Ofen zu heizen und die Klospülung zu drücken; wenn sie wollte, könnte sie auch ganz einziehen, ihn würde das nicht stören. Silke hatte abgewunken und sich am Ohr gekratzt. Zsolt war gegangen, ohne sie anzufassen.

Das letzte Mal angefaßt hatte er sie im vergangenen Sommer, kurz hinterm Budapester Ostbahnhof, in einem menschenleeren Großraumwagen mit blaugelb bespannten Sitzen.
Sie waren auf der Heimreise; Zsolt war knapp vor der Abfahrt noch mal ausgestiegen, um Proviant zu besorgen, und der Beamte pfiff zwei Minuten zu früh. Silke stand fassungslos in der geöffneten Waggontür und sah Zsolt mit der Provianttüte hinter dem ausfahrenden Zug herrennen, bis der Schaffner ihn am Arm packte und nach oben zog. Der Schaffner schimpfte mit Zsolt, obwohl er selbst mehr schuld hatte, und Silke bekam einen Heulkrampf und konnte sich nicht beruhigen. Zsolts erstaunter Gesichtsausdruck, als er auf dem Bahnsteig bemerkte, daß der Zug

bereits fuhr, war genau der gleiche gewesen wie damals, als sie ihn zum ersten Mal geküßt hatte. Und weil sie so laut weinte, küßte Zsolt sie im Großraumwagen wieder und streichelte ihre Wange, aber hinterhergerannt war er in erster Linie dem Zug.

Zurück in Berlin hatten sie am Bahnhof Lichtenberg noch gemeinsam auf die U-Bahn gewartet, aber Zsolt war nicht mehr mit zu ihr gekommen, und so war der Urlaub vorbei und, wenn man es genau betrachtete, ein Reinfall gewesen. Vielleicht gab es etwas wie den richtigen Augenblick, um sich von einem Menschen zu verabschieden, zumindest gab es Lieder, in denen das behauptet wurde. »The Power of Goodbye« von Madonna zum Beispiel oder »Set Them Free«. Falls es diesen Augenblick gab, dann hatte Silke ihn bislang regelmäßig verpaßt, und deshalb hatte sie jetzt Zsolts Wohnungsschlüssel und versprochen, seine Wasserrohre zu hüten.

Als sie am ersten Morgen von Zsolts Weihnachtsferien auf dem Weg zu seiner Wohnung war, dachte sie, daß sie es auch darauf ankommen lassen könnte. Vielleicht passierte ja gar nichts, und wenn, dann hätte sie eben versagt.

Es war Heiligabend, und sie hätte statt zu heizen gleich zu Kaufhof fahren und nachschauen können, ob der Christbaumschmuck schon reduziert war. Sie wollte Weihnachten mit einem Mann feiern, den sie nicht kannte, der aber der Freund einer Freundin war und wie sie selbst keine andere

Wahl hatte. Der Baum allein hatte schon dreißig Euro gekostet, und Silke war sich nicht sicher, ob der Freund etwas beisteuern würde. Wahrscheinlich nicht.
Wegen der unbenutzten Außenklos roch es im ganzen Treppenhaus nach Kaninchenstall, allzu kalt konnte es demnach nicht sein. Silke verzichtete darauf, in Zsolts Klo die Spülung zu drücken. Früher, ganz am Anfang, war sie gern auf dieses Klo gegangen, aber da wohnten auch noch andere Leute im Haus, die alle so taten, als sei es normal, Außenklos zu benutzen. Einmal hatte der Flurnachbar sie vor dem Klo in ein Gespräch verwickelt, und Silke, die nur ein T-Shirt trug, hatte gespürt, wie Zsolts Sperma an der Innenseite ihres Schenkels nach unten lief, und die Beine gekreuzt, um es unauffällig zu verreiben.
In Zsolts Küche drehte sie den Wasserhahn auf und sah zu, wie der volle Kaffeefilter, der im Spülbecken stand, überlief und nach und nach ausgewaschen wurde. Zsolt war einer der wenigen Männer, die sie kannte, der ohne ein Wort darüber zu verlieren seinen Haushalt führte, und zwar einen echten Haushalt mit gebügelten Hemden und selbstgekochter Marmelade und geputzten Fenstern. Das Fenster in der Küche hatte allerdings ein faustgroßes Loch, das Zsolt mit einem Stück Pappe zugeklebt hatte, auf dem in Großbuchstaben »csodálatos kegyelem« stand. Das war ungarisch und hieß soviel wie »erstaunliche Gnade«. Silke hatte an einem Sonntagvormittag beim Frühstück ihre Tasse durch die Scheibe in den Hof geworfen, aber das war etwas, an das sie

sich nicht gern erinnerte, weil sie eigentlich Zsolts Kopf hatte treffen wollen.

Sie ging rüber ins Zimmer und riß eines der Zehnkilopakete Briketts auf. Sie würde jetzt schnell anheizen und nicht länger darüber nachdenken, ob es sinnvoll war, im Papierkorb nach einer Nachricht zu suchen.

Auf der Aktionsfläche von Kaufhof war seit Anfang November ein Weihnachtsmarkt aufgebaut. Die Stände hatten deutlich gelitten, die Tannengirlanden hingen durch, der Christbaumschmuck lag in zerknautschten Kartons, aber reduziert war noch nichts. In der Kinderecke saß ein kleines Mädchen und pinselte lustlos an einem Gipsengel herum.

Silke setzte sich neben sie auf die Bierbank. Mit knapp zwanzig war es ihr mal passiert, daß eine Stewardess, die mit Spielzeugtütchen durchs Flugzeug ging, sie gefragt hatte, ob sie auch eines wolle. »Nein, danke«, hatte Silke gesagt und überlegt, ob sie etwas an ihrer Frisur ändern sollte. Heute wäre es nicht schlecht gewesen, einen Gipsengel angeboten zu bekommen. Das Mädchen malte den rechten Flügel grün und den linken rot an. Silke warf ihr einen mißbilligenden Blick zu. Ein Karton Kugeln würde nicht reichen, sie bräuchte mindestens drei, und dann noch Kerzen und Kerzenhalter und Lametta und Strohsterne. Es war zwecklos. Und warm in der dicken Jacke. Vielleicht sollte sie statt zu dekorieren lieber ein aufwendiges Menü kochen. Der Freund machte sich wahrscheinlich sowieso nicht viel aus Christbaumschmuck.

In der Lebensmittelabteilung sah alles gut aus, paßte aber nicht zusammen. Silke legte Dinge in ihren Einkaufswagen, drehte am Ende des Ganges wieder um und brachte sie zurück. Sie versuchte, sich an Gerichte zu erinnern, die sie zu ähnlichen Anlässen erfolgreich gekocht hatte, aber ständig drängte sich »Eier in Senfsoße« dazwischen, und das war es nicht, was man sich von einem Weihnachtsmenü erwartete. Die Lebensmittelabteilung war prächtig, seit der Kaufhof sich in eine Galeria Kaufhof verwandelt hatte, und voll von Leuten, die ihre Einkaufswagen bis obenhin volluden und lange Listen in der Hand hielten und sich ergeben an der Fleischtheke anstellten. Silke wußte nicht, ob sie normale Eier oder Eier aus Bodenhaltung oder Freilandeier oder EiVit-Eier oder lose Eier zum Selberverpacken kaufen sollte. Irgendwo heulte ein Kind, und Silke fiel plötzlich wieder ein, wie es sich anfühlte, im Kindersitz des Einkaufswagens zu stecken. Es hatte nicht viel Sinn, sich mit nichts als einem Karton Eier in die Schlange vor der Kasse zu stellen. Vielleicht hatte der Vietnamese noch offen, wenn sie nach Hause kam.

Es war nicht ganz einfach, jemanden vom Zug abzuholen, den man nicht kannte. Eigentlich wäre es gut gewesen, in der Ankunftshalle zu warten, aber dort gab es keine Bank, nur einsame Ausländer mit Bierbüchsen in der Hand, Moslems wahrscheinlich oder Schwarzarbeiter vom Bau, die an Heiligabend ein paar Stunden freibekommen hatten und jetzt auf der Abfahrtstafel mitverfolgten, wie viele Züge Richtung Heimat fuhren.

Silke setzte sich am Gleis auf einen der blaulackierten Gittersitze. Es zog. Sie wickelte sich ihren Schal um den Kopf, bis ihr einfiel, daß der Freund ihrer Freundin sie so noch schlechter erkennen und auf den ersten Blick unattraktiv finden könnte. Nicht, daß es wichtig gewesen wäre, wie er sie fand. Einsam wahrscheinlich. Aber einsam mit Schal um den Kopf war zuviel. Einsam und schön war besser, egal, wer er war. Sie schob die Lippen leicht vor und hob das Kinn. Der Zug hätte längst dasein müssen. Mit den Augen suchte sie die Überdachung des Bahnsteigs nach den Lautsprechern ab, durch die normalerweise die Ansagen kamen. Vielleicht waren sie vereist oder die Kabel eingefroren, oder der Sprecher saß zu Hause beim Kartoffelsalat und hatte vergessen, vorher Bescheid zu sagen. »Nimm das nicht so ernst, du kannst sowieso nichts dran ändern«, hatte Zsolt sie in solchen Situationen gerne zurechtgewiesen, aber Silke verstand eben nicht, wieso sie selbst hier sitzen und warten mußte, während ein Lautsprecher rücksichtslos vereisen und schweigen durfte.

Als der Zug schließlich einfuhr, spürte sie ihre Zehen nicht mehr, dafür erkannte sie den Freund spontan an seinen

Turnschuhen, stand auf und versuchte ein Gastgeberlächeln. Er trug eine Pelzmütze und eine Jacke mit zu kurzen Ärmeln. Silke warf einen Blick auf seine Handgelenke. Sie wußte nicht, ob sie ihn umarmen sollte.
»Dann bist du Silke«, sagte der Freund.

In der U-Bahn musterte sie angestrengt den jungen Mann mit Bierbüchse, der ihnen gegenübersaß. Es wäre leichter gewesen, mit ihm ein Gespräch anzufangen, als mit dem Freund ihrer Freundin, von dem sie alles, was man einleitend fragen konnte, bereits wußte. Sie hätte jeden ihrer Sätze mit »Ich habe gehört, daß du ...« beginnen müssen. Dem Freund ging es wahrscheinlich genauso. Silke versuchte sich einzureden, daß ihn die Stille nicht störte, daß er ein in sich gekehrter Mensch war, der sich gern seinen Gedanken hingab. Sie für ihren Teil hatte langsam genug davon.
Ihr Fernseher war kaputt. Vor zwei Wochen hatte sie ihn eingeschaltet, und das Bild war nicht erschienen, statt dessen hatte es geknallt, und hinten aus dem Gehäuse waren Rauchwolken aufgestiegen. Silke hatte den Stecker gezogen und war schnell in die Küche gegangen. Als sie später nachschaute, fiel ihr auf, daß die Hinterseite merkwürdig verformt und wie geschmolzen aussah. Das konnte nicht allein der Kurzschluß gewesen sein, wahrscheinlich hatte der Fernseher schon vorher zu nah am Gasofen gestanden. Sie traute sich nicht, damit in die Werkstatt zu gehen und sich

auslachen oder fachmännisch rügen zu lassen. Zsolt hatte seinen Fernseher an die Hifi-Anlage angeschlossen und die Anlage wiederum an Lautsprecher mit Stereosurroundsystem, so daß hinter einem geschossen wurde, wenn man vor dem Fernseher saß. Wenn sie bei ihm feierten, stünde der Freund außerdem nicht vor dem ungeschmückten Weihnachtsbaum, »Ich habe gehört, daß du Schwierigkeiten hast, Dinge zu Ende zu bringen«, und ihr Kühlschrank war mindestens so leer wie Zsolts.

»Wir müssen hier raus«, sagte Silke.

»Katja meinte, du wohnst in der Stargarder Straße«, sagte der Freund.

»Ja, richtig«, sagte Silke. »Hast du was dagegen, wenn wir woanders feiern?«

Im Treppenhaus roch man nichts mehr.

»Vielleicht sind die Toiletten eingefroren«, sagte Silke.

Der Freund machte eine wegwerfende Handbewegung, als wäre er an so etwas gewöhnt. Silke schloß die Wohnungstür auf.

»Wir können die Jacken anlassen, bis ich geheizt habe. Willst du einen Tee?«

Der Freund nickte und machte sich auf den Weg durch die Wohnung.

»Wer wohnt hier?« rief er aus dem Zimmer.

Silke öffnete die Kühlschranktür.

»Zsolt«, rief sie zurück.

Drei Eier. Und Senf.
»Darf ich heizen?« rief der Freund.
Silke hörte, wie er die Ofenklappe öffnete.
Zsolt hatte hinter der Seitenklappe vom Ofen ein Thermometer liegen. Letzten Winter, als Silke noch bei ihm gewesen war, hatte er es ab und zu rausgeholt und abgelesen.
»Achtundfünfzig Grad!« hatte er gejubelt und sich den Pulli über den Kopf gezerrt und dann Silke gepackt und sie ausgezogen. Im Zimmer waren es nie mehr als achtzehn gewesen.
Silke setzte Wasser auf und zündete den Backofen an. Senf allein gab noch keine Soße. Der Freund erschien in der Tür.
»Magst du Spiegeleier?« fragte sie.
Er lächelte.
»An Heiligabend muß es schnell gehen«, sagte er. »Ich esse alles.«

Als Silke mit dem Tee und den Spiegeleiern nach drüben kam, hockte der Freund vor Zsolts Videosammlung und las mit schiefem Kopf die Titel.
»Langweilig wird uns hier nicht«, sagte er.
»Warm auch nicht«, sagte Silke. Das Feuer war wieder ausgegangen. Sie stopfte mit dem Schürhaken Kohlenanzünder zwischen die Briketts und pustete. Aus der unteren Klappe staubte es raus. Silke überlegte, ob es Zsolt stören würde, wenn sie eins seiner Küchenbrettchen zum Anfeuern benutzte.

»Das wird schon«, sagte der Freund.
Sie aßen Spiegeleier. Immer, wenn der Freund einen Schluck Tee genommen hatte, konnte Silke seinen Atem sehen. Das sah schön aus. Die Pelzmütze stand ihm gut.
»Wenn du willst, können wir auch in eine Kneipe gehen«, sagte Silke.
»Laß uns lieber einen Film anschauen«, meinte der Freund, »›Bigger Than Life‹, den kenne ich noch nicht. Braucht man einen Schlüssel zum Klo?«
Silke schüttelte den Kopf.
»Wir können uns ja ins Bett legen«, sagte er. »Da wird's schnell warm.«
Silke sah ihm nach, als er aus dem Zimmer ging. Sie war sich nicht sicher, was er gemeint hatte. Sie war sich auch nicht sicher, was sie selber meinte. Ein zweites Bett gab es sowieso nicht.
Sie schob den Film in den Videorekorder und knipste die kleine Lampe an. Dann machte sie das große Licht aus, schlüpfte aus den Schuhen und unter die Decke. Sie würde auch noch mal aufs Klo müssen, aber nicht jetzt gleich.
Der Freund hatte braune, ungekämmte Haare, als er die Mütze abnahm. Silke schaltete mit der Fernbedienung den Videorekorder ein und rutschte an den Rand. Er zog sich aus bis auf die Unterwäsche, und Silke sah auf den Fernseher und hoffte, daß es ihm nicht unangenehm wäre, wenn er merkte, daß sie noch angezogen war.
Der Film handelte von einem Lehrer, der wegen einer

Überdosis Cortison wahnsinnig wird und versucht, seine Familie umzubringen. Silke hatte bisher nicht gewußt, daß so etwas passieren konnte. Der Arm, auf den sie ihren Kopf stützte, um über den Freund drübersehen zu können, schlief ein. Sie legte den Kopf ins Kissen, und der Freund drehte sich nach ihr um.
»Willst du nicht mehr schauen?« fragte er.
»Doch«, sagte sie.
»Wir können die Seiten tauschen.« Er setzte sich auf und ließ sie vor.
»Ist dir immer noch kalt?« fragte er.
Silke schüttelte den Kopf. »Ich geh kurz aufs Klo.«
Der Freund griff nach der Fernbedienung und drückte die Pausentaste.

In der Küche war es heiß und roch nach Gas. Silke hatte vergessen, den Backofen auszumachen. Sie öffnete das Fenster und sah in den zweiten Hof. Irgendwo da unten mußte die Tasse liegen, aber es war zu dunkel, um etwas zu erkennen. Wenn sie das Haus sanierten, würden sie wahrscheinlich auch den Hof entrümpeln.
Die Klobrille war hochgeklappt, und Silke versuchte, ebenfalls im Stehen zu pinkeln, aber ihre Beine zitterten, und sie hatte so viel Tee getrunken, daß sie sich schließlich doch hinsetzen mußte. Das Klopapier war teuer und weich. Silke putzte sich die Nase und drückte die Spülung. Es krachte und fauchte, Wasser kam keins.

Im Ofen schwelten die Kohlen mehr, als daß sie brannten. Außer der Klappe war noch nichts warm. Silke schloß sie trotzdem.
Der Freund hatte sie eine Sekunde zu lange angesehen, bevor er den Film weiterlaufen ließ. Dort jagte der Mann die Familie durchs Haus.
Ein fremdes Bein, erstaunlich warm, aber ein Knie war dann doch einfach ein Knie, das genau in ihre eigene Kniekehle paßte, und da lag es jetzt. Silke bewegte sich nicht. Vielleicht schlief sie ja, das konnte keiner wissen.
Dann war der Film zu Ende und auf dem Bildschirm nur noch ein hellgraues Flimmern. Wenn sie wüßte, was morgen war oder nächste Woche. Die Decke zumindest war die klumpige, feuchte Steppdecke im bügelfreien, weichgewaschenen Flanellbezug, und vielleicht war das alles, was sie wollte: wie schlafend unter dieser Decke zu liegen, mit einem neben sich, der es gut fand, daß sie dort lag.
Zsolt hatte ein Kassettendeck mit Autoreverse, beruhigende Unendlichkeit, bewegungsloser Genuß. Silke wußte nicht, wie man es bediente. Sie drehte sich um und schlang die Arme um den Freund.

Es klingelte, und die Fenster waren von innen beschlagen. Man konnte nicht hindurchsehen, aber dahinter war es hell. Silke zog Zsolts Badesandalen an und legte sich die Bettdecke um die Schultern. Im Flur griff die Kälte nach ihren Waden. Janó stand vor der Tür.

»Hallo, Silke«, sagte er, »heizt du?«
Er packte ihren Kopf und gab ihr vier Küsse, auf jede Backe zwei. Als er wieder losließ, zog Silke den Kopf zwischen die Schultern und schauderte, nicht wegen der Küsse, sondern wegen Janós kalten Händen und steifen Kragenecken.
»Ich wollte den Videorekorder leihen«, sagte er.
Silke nickte und trat zur Seite. Janó nahm seinen Rucksack ab und ging ins Zimmer. Der Freund hatte sich im Bett aufgesetzt und sah bleich und unrasiert aus. Silke blieb im Türrahmen stehen. Alles, was Zsolt an teuren Geräten besaß, gehörte zur Hälfte Janó. Der Freund stützte das Kinn auf die Hand und sah Janó beim Rekorderausstöpseln zu. Silke zog die Zehen ein.
»Ich wollte nicht stören«, sagte Janó.
Silke nickte. Früher, als Janó auch noch hier gewohnt hatte, war sie morgens oft von seinem Weckerklingeln aufgewacht und hatte unter Zsolts Arm vorgeblinzelt und Janó zugesehen, wie er durchs Zimmer ging und sich für die Arbeit fertigmachte. Er hatte gelächelt und den Finger auf die Lippen gelegt. Jetzt lächelte er nicht, sondern packte den Rekorder ein.
»Na dann«, sagte er. »Paß schön auf.«
Silke nickte.
»Auf Wiedersehn«, sagte Janó zum Freund.
Silke ging ihm nach bis zur Wohnungstür und sah zu, wie er unterm Treppenabsatz verschwand.

Sie setzte sich in der Küche auf einen Stuhl. Der Baum, der vor dem Küchenfenster aus dem zweiten Hof heraufwuchs, hatte auch im Sommer keine Blätter, es sei denn, man lehnte sich raus und sah am Stamm entlang nach oben, dahin, wo das Haus aufhörte.
»Egyszer volt, hol nem volt«, summte Silke, so fingen auf ungarisch die Märchen an, »es war einmal, da, wo es nicht war«.
Den Stuhl, auf dem sie saß, hatte Zsolt selbst gebaut, aus glatt geschmirgelten Preßspanplatten, nach einer Idee von Janó. Drüben raschelte der Freund mit der Reisetasche.

»Wir haben keine Eier mehr«, sagte Silke, als der Freund in Jacke und Schuhen in die Küche kam. »Und Brot auch nicht.«
»Das macht nichts«, sagte er, »ich kann im Zug frühstücken.«
Es hatte geschneit. In der U-Bahn trockneten schwarze Stiefelspuren auf dem Linoleum, die Heizung unterm Sitz blies heiße Luft gegen Silkes Beine, und der Freund hatte seine Hände in den Jackentaschen und las die Werbeaufkleber über den Fenstern.
Silke mußte wieder an die Abschiedslieder denken. »There's no greater power than the power of goodbye«. Zu Silvester fuhr Janó bestimmt auch noch nach Budapest, und dann gab es dort ein Feuerwerk und Mohnnudeln für alle alten Freunde. Zsolt würde tanzen und dabei Sektflaschen schüt-

teln, mit aufgekrempelten Ärmeln, ohne achtzugeben, wo er hintrat.

Heute war der Zug pünktlich, auch die Umarmung stand fest. Silke blieb auf dem Bahnsteig stehen und versuchte zu erkennen, in welches Abteil der Freund sich setzte, aber der Zug war neu und die Fenster von außen verspiegelt. Sie sah sich selbst und winkte unbestimmt, für den Fall, daß er noch mal nach draußen schaute.

Was, wenn nicht das?

Was inzwischen alles kaputt ist:
Der Fernseher. Er läßt sich nicht mehr einschalten. Es knistert zwar, wenn man auf den Knopf drückt, aber Bild kommt keines.
Die Dusche. Überall läuft Wasser raus, aus dem Hahn, hinten am Griff, an zwei Stellen aus dem Schlauch. Nur vorne, aus dem Duschkopf, kommt keines.
Die Waschmaschine. Man muß das Programm von Hand weiterdrehen, und die Kleider haben kleine, hartnäckige Rostflecken, wenn sie aus der Trommel kommen.
Die Temperatur vom Backofen ist nicht mehr kontrollierbar. Die Heizkörper werden nur zur Hälfte warm. Irreparabler Diskettenfehler in Laufwerk A. Klebriger Film auf der Unterseite des Bügeleisens. Klumpen in der Bettdecke. Knacken im Tretlager. Entzündete Nagelhaut. Herpes am Mund.
»Kann mir mal irgend jemand sagen, wie spät es ist?«
Fünfzehn Uhr dreißig.
Sonja wünschte sich ein Heim. Wie es genau aussehen sollte, wußte sie nicht. Nur daß ihres nichts mehr taugte, da war sie sich sicher. Auf dem Fensterbrett lag ein großer toter Falter. Und die Wohnungstür schloß auch nicht mehr

richtig. Nachts, wenn sie schlafen ging, schob sie ihren Schuhschrank davor.

Mit wem es bisher alles nicht geklappt hat:
Rainer, Sonjas Sandkastenliebe. Als sie zehn war, wurde sein Vater nach Düsseldorf versetzt, und die Familie mußte nachkommen.
Tom, der Junge, mit dem Sonja zum ersten Mal im Bett war. Er hatte es nur ausprobieren wollen.
Jakob, von siebzehn bis neunzehn. Scheiße, das kitzelt, brüllte er, weil sie nicht aufhören konnte, die zarte Haut über seinem Schlüsselbein zu berühren.
Lars, ihr Arbeitskollege aus dem Café Bernstein. Entweder du oder ich, was immer das heißen sollte.
Rainer zwei, in den sie sich womöglich nur wegen des Namens verliebt hatte.
Klaus. Sargon. Micha.
»Verdammt, wie spät ist es eigentlich?«
Viertel vor vier.
Sonja wußte im Prinzip, worauf es ankam. Zimperlich war sie auch nicht. Eher ein bißchen schnell bei der Hand. Wahrscheinlich hatte sie einfach nur Pech gehabt. Es klingelte. Sonja nahm den Hörer der Sprechanlage ab.
»Hallo?« fragte sie.
»Die Zeitung«, sagte jemand.
Angebotszettel vom Heimwerkermarkt. Sonja sammelte Bilder von Bodenbelägen. Sie schnitt sie aus, klebte sie auf

Postkarten und schickte die Postkarten an ihren Vater, der auch viel zu Hause war. Er revanchierte sich regelmäßig mit Ansichten von Küchenzeilen.

»Dankeschön«, sagte Sonja in die Sprechanlage.

›Lieber Daddy‹, schrieb sie. Das englische Wort konnte man als erwachsenes Kind gut verwenden. ›Was auch passiert, hier passiert es auch.‹ Wie immer blieb sie ein bißchen allgemein. Es kam vor allem auf die Vorderseite der Postkarten an. ›Ich umarme Dich und bin: Deine Sonja.‹

Womit beim besten Willen nichts anzufangen ist:

Das Abitur. Sonja hatte ein paar wirklich gute Noten geschrieben.

Die Hebammenausbildung. Sonja kannte die Handgriffe und erhielt heute noch Weihnachtsgrüße von zwei Familien, die sie vervollständigt hatte.

Das Pädagogikstudium. Es gab da eine Stelle im Waisenhaus von Neustrelitz. Oder, bei gleicher Eignung, ein Stipendium am Doktoranden-Kolleg in Hildesheim.

Der Führerschein, ohne Auto. Eine Brieffreundin in Dresden, die inzwischen auch reisen konnte, wohin sie wollte.

Eine asthmakranke Perserkatze, die nur noch das Seniorenfutter von Whiskas vertrug.

»Wie spät?«

Zwanzig nach vier.

Sonja klebte eine Sondermarke auf die Postkarte und steckte sie in die Jackentasche. Draußen roch es nach nassem Gehweg. Doch nicht so schlecht, dachte Sonja. Wenn sie in ihrer Wohnung saß, vergaß sie schnell, daß es die Stadt gab. Gab es die Stadt, gab es einen Zusammenhang. Einen Zusammenhang zwischen Wohnung und Welt. Zwischen Sonjas dritter Kanne Fencheltee und dem Dönermann, der Bonbons an kleine Kinder verschenkte. Er ist trotzdem der schwarze Mann, dachte Sonja. Sie wischte mit dem Jackenärmel den Postkastenschlitz trocken und warf die Karte ein.

Was immer noch zu tun bleibt:
Sonderangebote vergleichen. Vor allem jetzt im Winterschlußverkauf.
In der Wertstofftonne nach noch mehr Angebotszetteln suchen. Ausschneiden.
Eine Frauenzeitschrift kaufen. Produktproben entnehmen und ausquetschen. Den Klebstoff vom Tütchen rubbeln, zur Kugel drehen und in die Gegend schnipsen.
Auf dem Sofa liegen und zuhören, wie es im Bauch rumort.
Einen Erdbeerbecher essen. Vor allem jetzt im Winter.
»Laß mich«, sagte Sonja zu dem jungen Mann mit Hund, der sie nach Kleingeld fragte. Sie umklammerte ihr Portemonnaie und stieg die Stufen zur Einkaufspassage hoch. Innen gab es einen öffentlichen Fernsprecher mit rosa Hörer. Sonja führte ihre Karte ein und wählte.
»Hallo?« sagte Micha.

»Hier ist Sonja.«
»Wo bist du denn?« Micha hatte ein Telefon, das ihren Namen anzeigte, wenn sie anrief. Allerdings nur, wenn sie zu Hause war; wirklich schlau war es nicht.
»Ist doch egal.«
»Sehen wir uns heute noch?«
»Warum?«
»Keine Ahnung. Weil du anrufst.«
Sonja dachte nach. Sie rief Micha ständig an. Deshalb sah sie ihn auch am häufigsten von allen Menschen, die sie kannte. Ihr Leben nähme wahrscheinlich einen völlig anderen Verlauf, wenn sie einfach mal die Nummer änderte.
»Kannst du mir sagen, wie spät es ist?« fragte sie.
»Halb fünf«, sagte Micha.

Was unbedingt aufhören muß:
Die Fernsteuerung. Das Nasebohren. Die Panik, weil es schon wieder halb fünf ist. Micha.
»Wenn du in einer Kleinstadt nicht weißt, wohin«, hatte ihr Vater gesagt, »geh in das italienische Eiscafé. Es gibt überall ein italienisches Eiscafé. Venezia, Cortina oder San Remo. Dort schmeckt der Kaffee besser. Und einen Stammtischaschenbecher gibt es auch nicht.«
Das Eiscafé in der Einkaufspassage war ein mit Plastikblumen abgetrennter Bereich des Mittelgangs. Italienisch war es nicht, weshalb Sonja keinen Kaffee, sondern Fanta bestellte. »Grazie«, sagte sie trotzdem.

Sie nippte an ihrer Fanta. Weiter rechts saß ein älterer Mann in einem hellen Mantel. Er sah in seine Tasse, als wollte er gleich etwas Wichtiges sagen, obwohl niemand mit ihm am Tisch saß. Sonja hätte gerne gewußt, was es war. Sie versuchte, ebenso gespannt in ihr Fantaglas zu blicken. Vielleicht käme er dann rüber.

Was auf keinen Fall aufhören darf:
Nieselregen im gelben Schein der Straßenlaterne. Schlafgeruch im Flanellnachthemd. Regelmäßige Herztöne.
Sex mit Micha.
»Es läuft schief«, sagte der Mann, »aber das tut es immer. Warum sitzen Sie jetzt hier?«
»Weil mein Papa es mir geraten hat.«
»Kluger Mann, ihr Papa.« Der Mann hielt ihr seine Zigarettenpackung hin. »Haben Sie einen Plan? Etwas, das Sie unbedingt tun wollen?«
»Eben nicht«, sagte Sonja und ließ sich Feuer geben. »Aber daß es schiefläuft, ist trotzdem sicher.«
Sonja hatte sich schon wieder verliebt.

Was man alles nicht ernst nehmen kann:
Gefühle. Sie sind widersprüchlich und extremistisch.
Philosophisches Gerede. Es tönt aufgeblasen und dennoch zu eng.
Zigaretten rauchen. Es macht nicht high und stinkt in den Kleidern.

Sonja notierte die neue Telefonnummer. Dann machte sie sich auf den Heimweg.
Vom Wunsch in die Verwünschung, klang es in ihrem Kopf, etwas, das ihr nicht selbst eingefallen war, sondern irgendwie in Zusammenhang mit den letzten anderthalb Stunden stand. *Was treibst du bloß*, war ihre Übersetzung. Oder wäre es Michas? Sie hatte das dringende Bedürfnis, Micha anzurufen. Aber die Vorstellung, daß ihr Name auf seinem Display erscheinen würde, hielt sie zurück. Außerdem war ihre Telefonschnur defekt. Seit neuestem brauste es in egal welcher Verbindung.
Sie schob den Schuhschrank vor die Wohnungstür, obwohl es erst halb sieben war.

Was Träume alles verheißen:
Ein Baby. Weich und duftig, mit kleinen Dellen an den Ellbogen und gelb verklebten Wimpern.
Das Heim. Ein lauer Wind, der durch die bodenlangen, bauschigen Vorhänge bläst.
Kühle Hände, die sich einem fest auf die Ohren legen.
Energische Stimmen, klare Entscheidungen. Reifenspuren im Acker, die oben auf der Kuppe vom blauen Himmel abgeschnitten werden. Jede Menge sprudelndes Wasser.

Sonja wachte auf und wußte nicht, ob es Abend oder Morgen war. Der Wecker zeigte zehn nach zwölf, aber das tat er seit drei Tagen. Sie taumelte in den Flur und wählte

die Nummer der Zeitansage. »Guten Abend!« sagte eine aufmunternde Frauenstimme durch das Brausen hindurch. »Heute ist Donnerstag, der ...«, jetzt wurde sie von einer anderen, monotonen Frauenstimme abgelöst: »achte Februar ...«, dann übernahm die erste wieder: »zweitausendeins! Beim nächsten Ton ist es ...«, und wieder die andere: »zweiundzwanzig Uhr, vier Minuten und vierzig Sekunden.« Sonja hörte eine Weile zu, bis sie verstanden hatte, wie spät es war.
Sie legte den Hörer auf.
Ein merkwürdiges Gerät, dachte sie. Es tut nur so harmlos. Hoffentlich ist es bald vollends kaputt.
Dann nahm sie den Hörer wieder ab und wählte die neue Nummer.

Wo man hinkann, wenn alles zu spät ist:
Nach Neustrelitz und eine wirklich gute, gütige Hausmutter werden.
Nach Afrika, HIV-Workshops für heimische Hebammen leiten.
Auf Trebe und sehen, daß man's mal wesentlich besser hatte.
Mit Micha aufs Standesamt, wenn er dann noch will.

»Hallo?«
Sonja zögerte. Die Stimme klang belegt. Sie wußte nicht, ob es die richtige war.

»Hallo, wer spricht denn da?«

Niemand, dachte Sonja, das ist ja das Problem. Was für eine blöde Frage.

Es konnte nicht der Richtige sein. Sie legte auf.

Zurück ins Bett ging nicht. Fernsehen ging nicht. Badewanne ging nicht. Die Wege durch die Wohnung waren hoffnungslos ausgetreten.

Das Telefon klingelte.

»Hier ist Sonja«, sagte Sonja erleichtert.

»Also doch«, sagte die belegte Stimme, die jetzt wieder richtig klang. »Du hast mich grade angerufen, stimmt's?«

Sonja seufzte. »Bist du auch so einer.«

Er lachte. »Vielleicht. Mal sehen.«

Sonja nahm das Telefon und setzte sich auf den Schuhschrank, um ihn zusätzlich zu beschweren. »Ich muß mich wohl fügen«, sagte sie.

»Wo rein?«

»Nicht schlafen zu können. Daß alles kaputt ist. In die moderne Kommunikationstechnik. Zweidimensionale Küchenzeilen. Stimmen vom Band. Du. Micha. Fanta. Die Uhrzeit. Schleichende Verwahrlosung.«

Offensichtliche Verwahrlosung. Sehnsucht. Furcht. All das. Sonja lauschte.

Denn was, wenn nicht das.

Versehrt

Beim Holzholen ist Gunda heute morgen ein großes Scheit auf den Handrücken gefallen. Jetzt hat sie einen Bluterguß mit einer kleinen, dunkelroten Blase obendrauf. Christian mag nicht hinsehen. Schon ohne Bluterguß nicht. Er sieht Gunda lieber als Ganzes. Einzeln betrachtet jagen ihre Körperteile ihm Angst ein, ganz besonders die Hände, trocken und fleckig; solche Hände haben alte Frauen, solche Blutergüsse auf dem Handrücken haben alte Frauen von den Infusionsnadeln, solche Hände mit solchen Blutergüssen werden über hellgelb bezogenen Krankenhausdecken gefaltet, wenn alte Frauen tot sind.

Christian fegt den Kamin in der Küche aus. Wenn die anderen vom Spaziergang kommen, muß das Feuer brennen. Im Schein des Feuers und als Ganzes betrachtet, sieht Gunda keinen Tag älter aus als vierzig.

Er knüllt Papier zum Anzünden zusammen. Hochglanzpapier brennt nicht gut, aber deutsche Zeitungen gibt es nicht im Supermarché in Gerardmer, nur den »Stern« und die »Bunte«. Vielleicht könnte er es morgen mit einer »Libération« versuchen, schließlich sind sie jetzt vier Tage hier und hören beim Autofahren immer französische Sender.

»Laß mich«, hat Gunda heute morgen gesagt, als Christian in den Schuppen gelaufen kam, um zu sehen, was passiert war. Entweder sie weiß, wieviel Überwindung es ihn kostet, sie zu pflegen, oder sie hat irgendeine dumme Vermutung, was vergangene Nacht im linken Schlafzimmer vor sich gegangen sein könnte. Christian stochert in dem matt kokelnden Zeitschriftenpapier. Schwarze Flocken steigen hoch; natürlich ist nichts passiert, darum geht es auch nicht beim allabendlichen Auswürfeln der Schlafzimmer. Worum es geht, weiß Christian auch nicht. Es war Wolfgangs Idee, gleich nachdem sie angekommen waren.
»Du brauchst nicht glauben, daß Renate und ich wieder freiwillig ins Kuhstallzimmer ziehen«, hat Wolfgang gesagt und sein Gepäck im Flur stehen lassen.
Das Kuhstallzimmer ist das Schlafzimmer von Christians älterer Schwester und besonders unbeliebt bei seinen Freunden. Niemand will in den Zimmern der Geschwister wohnen, mit denen Christian sich das Ferienhaus im Elsaß teilt, alle wollen am liebsten Christians und Gundas Schlafzimmer haben, das mit den Nesselvorhängen und Nußbaumbetten. Im Kuhstallzimmer gibt es Melkschemel als Nachttischchen, und im Zimmer von Christians Bruder Metallbetten vom Baumarkt und geblümte Stoffschränke.
»Ich kann nichts dafür«, sagt Christian jedes Mal, wenn er mit Wolfgang und Renate, Hans und Katrin herkommt, und sie kommen oft her, mindestens einmal im Jahr. Bisher hat es immer gereicht, zu betonen, daß er selbst am meisten

leidet unter dem schlechten Geschmack seiner Geschwister, aber diesmal hat Wolfgang das nicht gelten lassen und ein Rotationssystem vorgeschlagen. Daß man dann nicht mal mehr als Paar, sondern jeder für sich allein würfeln sollte, klang nur logisch und modern, jedenfalls aus Wolfgangs Mund. Hans sah versonnen auf die Tischplatte und Katrin ungeduldig aufs Gepäck. Gunda war die einzige, die sich sichtbar gegen den Vorschlag sträubte: »Da können wir ja gleich Flaschendrehen spielen.«

»Mach schon«, hat Christian zu ihr gesagt, und dann haben sie beide für die erste Nacht ihr eigenes Schlafzimmer erwürfelt.

»Bist du jetzt enttäuscht?« hat Gunda gefragt, als sie nebeneinander in den Nußbaumbetten lagen, und Christian war sich sicher, daß sie selbst enttäuscht war. »Ja«, sagte er. Aber da schlief sie schon.

Wenn die andern vom Spaziergang kommen, muß das Feuer brennen. Ohne das Feuer wäre der ganze Urlaub nichts wert. Christian versucht es mit den Resten des Osterstraußes, den seine Schwester auf dem Küchentisch hat stehen lassen. *All die Gräser und Zweige, die man hier finden kann.* Was für ihn das Feuermachen ist, ist für seine Schwester sorgfältige Landhausdekoration. Sie plündert die Antiquitätenläden an der Route Nationale und holzt ganze Sträucher ab, um das Ferienhaus damit vollzustopfen. Schon lange kommen sie nicht mehr gemeinsam her, auch sein

Bruder nimmt lieber Freunde mit, anstatt mit Christian oder der Schwester Urlaub zu machen. *Wilder Thymian, hier Christian, riech mal!* Sie ist acht Jahre älter als er und war noch nie im Krankenhaus. All die Gräser und Zweige, dazu Blutreinigungstee und Bernsteinketten, keine Zigarette, nicht mal ein Feuer in der Küche des Ferienhauses. *Was heizt ihr denn die ganze Zeit bis in den Hochsommer?* Der Bruder hat den französischen Nachbarn dazu abgestellt, das Holzlager regelmäßig aufzufüllen, *Dreißig Francs billiger der Kubikmeter, Christian, also hör mal.*

Als die Neffen noch klein waren, ist Christian gern mit seinem Bruder hier gewesen. Da ließ sich alles als Kinderprogramm behaupten: Feuermachen und Nutella-Baguette, Nachtwanderung und Spinnenjagd. Jetzt muß er aufpassen, nicht entlarvt zu werden: es war schon immer zu seinem eigenen Vergnügen.

Christian schiebt Stücke von Eierkarton zwischen die Weidenkätzchen.

So ein Feuer ist besser als Fernsehen. Man guckt rein und kann an alles mögliche denken, hier und da legt man nach und bläst und schließt mit sich selbst kleine Wetten ab, welches Ende des dicken Astes zuerst Feuer fängt. Es brennt jetzt. Er hat es zum Brennen gebracht. Es geht erst wieder aus, wenn er es nicht mehr beachtet.

»Hier waren doch irgendwo Schnapsgläser?«

Gunda hat Schlüsselblumen vom Spaziergang mitgebracht.

Christian schneidet Salami, während Hans und Katrin den Tisch fürs Abendessen decken.
»Schönes Feuer«, sagt Wolfgang und wirft seine Jacke auf die Bank am Kamin. »Hunger hab ich.«
Gunda legt das Schlüsselblumensträußchen vor Christian auf den Tisch.
»Keine Gräser und Zweige auf meinem Abendbrottisch!« sagt Christian und hält Gunda die Salami hin. »Hier, riech mal.«
Gunda verzieht das Gesicht. »Riecht nach Sperma. Wo sind die Schnapsgläser?«
Christian zuckt die Achseln. »Hat jemand von den anderen weggeworfen. Außer uns trinkt hier keiner Schnaps.«
»Ich trink keinen Schnaps, ich brauch eine Vase.« Gunda rückt einen Stuhl vors Buffet, um hinter die nichtbenutzten Teekannen sehen zu können.
Christian grinst. Die Vasen hat er selbst weggeworfen, ein halbes Dutzend winziger Zinnvasen, die das Fenstersims in der Küche zierten. An Schlüsselblumensträußchen hat er nicht mal gedacht dabei, sondern an seine Urlaubskrimisammlung, die letztes Mal, als er hier war, nicht mehr im Wohnzimmerregal, sondern in einem Karton in der Scheune gestanden hatte.
»Guck in der Scheune nach«, sagt er zu Gunda, »und nimm diese häßlichen Kannen mit.«
Wolfgang macht die erste Flasche Wein auf.

»Wir haben Wildschweinspuren gesehen«, erzählt Katrin mit Salami im Mund.
»Die sind vom letzten Jahr«, sagt Christian.
»Woher willst du das wissen, du warst doch gar nicht dabei.« Wahrscheinlich hat Wolfgang sich auf dem Spaziergang wieder als Wildkenner aufgespielt.
»Das sagt man so zur Beruhigung«, sagt Christian und fixiert ihn. »Und weil hier noch nie jemand ein lebendes Wildschwein getroffen hat.«
Katrin zuckt die Schultern. »Ich steh morgen ganz früh auf und geh noch mal hin. Wenn man Tiere sieht, dann morgens.«
Das Baguette ist zäh. Katrin sollte morgens lieber Brot holen gehen statt auf Wildschweine zu warten, die nicht kommen werden. Christian sieht Hans auf die Zahnhälse, die die Parodontose freigelegt hat. Vorgestern ist er mit ihm im Kuhstallzimmer gelandet und weiß deshalb jetzt auch, was für Pyjamas Hans trägt. Solche aus dehnbarem Stoff, mit V-Ausschnitt und kleinen stilisierten Kronen auf dem Oberteil. Christian mußte die Augen schließen und sich auf alles konzentrieren, was er an Hans mag, wofür er ihn schätzt oder gar bewundert: seine Großzügigkeit und Ruhe, sein lückenloses Wissen über die k.u.k.-Monarchie, seinen Eifer beim Holzhacken. Er hat versucht, sich Katrin vorzustellen, wie sie ihre Nase in die grauen Haare wühlt, die aus dem V-Ausschnitt vorschauen, dann tief einatmet und erregt die Decke wegstrampelt. Es half; als Christian die

Augen wieder aufmachte, mochte er Hans auch im Pyjama und konnte beruhigt einschlafen. Die Zähne allerdings sind nicht zum Aushalten. Hans' Zähne, Gundas Handrücken. Die Versehrtheit, die schleichend Einzug gehalten hat. Christian weicht mit den Augen zu Wolfgang aus, der hebt sein Glas. Wolfgang hat keinen Körper, der ihm bei irgendwas im Weg sein könnte, Wolfgang ist trinkfest und integer.
»Prost!« sagt er. Und: »Habt ihr schon mal daran gedacht, einen Pool anzulegen?«
»Pool?« quietschen Renate und Gunda gleichzeitig.
»Man könnte die Scheune ausschachten, das wäre doch großartig.«
»Du spinnst«, sagt Christian, »was meinst du, was das kostet.«
»Ach je«, sagt Wolfgang, »seit wann ist das ein Problem?«
»Hier immer«, sagt Christian, »hier geht schließlich alles durch drei.«
Wolfgang kennt Christians Geschwisterstreitigkeiten seit zwanzig Jahren. Genau wie alle anderen am Tisch.
»Geld haben heißt nicht, Geld ausgeben können«, sagt Gunda weise. »Im Gegenteil.«
»Inwiefern Gegenteil?« Katrin ist sich nie zu schade, das auszusprechen, was alle wissen und auf keinen Fall mehr diskutieren wollen. »Wachsam bleiben« nennt sie das, oder »Hinsehen«. Christian fixiert sie über sein erhobenes Glas hinweg, damit sie wenigstens einmal den Mund hält. Es nützt nichts.

»Hat das Haus ohne Pool etwa nichts gekostet?« fragt sie spitz.
Alle hier haben Geld, auch wenn Christian nicht genau weiß, wieviel. Vielleicht hat er selbst am meisten, und sicher ist, daß seine Geschwister noch mehr haben.
»So ein Pool wäre auch nicht teurer als der Terrakottaboden hier.« Katrin stampft unter dem Tisch auf. »Aber geht natürlich nicht. Pool! Wie neureich!«
Christian hofft, daß niemand in die Diskussion einsteigt.
Es steigt niemand ein.

Ein Feuer ist besser als ein Pool. Drumrumsitzen und trinken kann man auch, muß sich aber nicht ausziehen dafür. Christian steht auf und legt Holz nach, während die anderen die Teller zusammenstellen und beschließen, heute nicht mehr abzuwaschen.
»Als der Lukas drei war, ist er mal von der Bank hier in die Feuerstelle gefallen«, sagt Christian und setzt sich, den Schürhaken in der Hand.
Seitdem macht auch sein Bruder kein Feuer mehr in der Küche.
»Sehr gut«, sagt Renate und läßt sich neben ihn auf die Bank fallen. »Laßt uns über die Vorteile reden, die es hat, keine Kinder zu haben.« Sie wirft die abgebrannten Streichhölzer aus der großen Schachtel ins Feuer und zündet sich eine Zigarette an.
Renate raucht am meisten von allen. Ihre Stimme ist

heiser; manchmal denkt Christian, daß es sich bei Frauen allein für solch eine Stimme lohnt, sich die Lunge kaputtzurauchen. Manchmal denkt er auch, daß er Renate vor allem deshalb mag, weil sie doppelt soviel raucht wie Gunda und trotzdem dick und gesund, vollständig und intakt ist.
»Ja wirklich«, sagt er. »Er hatte dummerweise eine Polyesterjacke an, die geschmolzen ist und nicht mehr runterging.«
»Deshalb, wenn Kind, dann nur in Naturfasern.«
»Schaffellwindeln.«
»Rohseidenkäppchen.« Renate lacht und hustet.
Sie raucht nicht nur am meisten, sie riecht auch nach Zigaretten, aber nach einem langen Abend am Feuer fällt das nicht mehr auf. Es hat Christian nicht gestört letzte Nacht im Baumarktschlafzimmer.
»Wie alt ist Lukas jetzt?« fragt sie.
»Einundzwanzig.«
»Und sieht man noch was?«
Bestimmt. Christian hat seinen Neffen lange nicht mehr nackt gesehen, aber als Kind hatte er überall diese wirbelige weiche Brandnarbenhaut. Mit dunkler Männerbehaarung muß sie merkwürdig aussehen. Oder wächst auf dieser Haut kein Haar mehr?
»Ich weiß nicht«, sagt er.
Die andern vier ziehen ihre Stühle zum Feuer. Hans schlüpft aus seinen Schuhen, Wolfgang macht die nächste Flasche Wein auf und wirft den Korken ins Feuer.

»Die sind doch aus Plastik.« Katrin stößt ihn an.
»Ehrlich?« Wolfgang mustert das Etikett. »Ist mir gar nicht aufgefallen.«
»Wegen der Korkkrise«, sagt Katrin.
Christian stochert mit dem Schürhaken, aber der falsche Korken schmilzt schon.
»Alles geht vorbei«, sagt Renate. »Auch die Zeit, als ein Korken noch ein Korken war.«
»Bald erinnern wir uns gar nicht mehr, wie ein echter Korken ausgesehen hat«, sagt Katrin. »Beim Wolfgang ist es schon soweit.«
»Noch ein Vorteil, keine Kinder zu haben«, sagt Renate.
»Wieso?«
»Man kann guten Gewissens alles wegschmeißen und vergessen.« Renate gähnt. »Muß man schließlich keinem mehr zeigen.«
Christian sieht zu Gunda rüber, die versucht, sich mit einem glimmenden Stöckchen die Zigarette anzuzünden. Wahrscheinlich stimmt das. Wahrscheinlich hätte er zu Hause eine Schublade mit Korken und europäischen Münzen und gelochten Pappfahrscheinen. Wahrscheinlich hätte Gunda nach der ersten Operation aufgehört zu rauchen.
»Will außer mir noch jemand was Süßes?« fragt Renate.
»Hier!« sagt Hans.
Renate holt zwei Becher Pudding aus dem Kühlschrank.
»Schön oder schnell?« fragt sie.
»Schön«, sagt Hans.

Renate seufzt und stürzt den Pudding auf zwei Untertassen. Die Karamelsoße tropft, als sie sich neben Christian zurück auf die Bank zwängt.
»Wie kannst du nur«, sagt Wolfgang. »Pudding zu Rotwein.«
Renate lacht. »Weißt du doch, Schatz. Ich kann alles.«
Das stimmt. Sie schläft sogar auf dem Bauch.
»Muß ich«, hat sie letzte Nacht gesagt, »sonst schnarche ich, und du kriegst kein Auge zu.«
Schön hat sie ausgesehen. Wie ein Kind mit den Fäusten neben dem Kopf und der Nase im Kissen. Wie das Gegenteil von über der Decke gefalteten Händen.

Zur Konfirmation hatte Christian seinem Patenkind Lukas einen Motorradausflug durch Ostwestfalen geschenkt. Lukas war abwechselnd bei ihm und Gunda mitgefahren, und nachts hatten sie in Landgasthöfen geschlafen, Lukas auf der Extraliege im Doppelzimmer. Sie hatten sich bemüht, so zu tun, als wären sie eine Clique, hatten am Abend gewürfelt und Karten gespielt und tagsüber bei jeder Caféterrasse angehalten, um Spezi zu trinken. Aber im Endeffekt waren sie doch eine Kleinfamilie gewesen, Lukas zu groß und zu schweigsam, er und Gunda betont jugendlich in ihren Lederhosen, eine Kleinfamilie, über die die anderen Gäste im Landgasthof wahrscheinlich die Köpfe schüttelten. Eine Kleinfamilie, die Christian selbst peinlich war.
»Psst«, macht Katrin und legt den Kopf schief.

»Was denn«, fragt Wolfgang, »kommt Besuch?«
»Das Wildschwein bittet um Herberge«, sagt Hans.
»Psst!« Katrin fuchtelt in seine Richtung. »Die Maus ist wieder da. Ich hab's gehört.«
Sie sitzen bewegungslos und lauschen. Im Feuer knallt etwas, und Gunda fängt an zu kichern.
»Psst!« Katrin runzelt die Stirn.
»Was willst du denn mit der Maus?« fragt Hans.
»Anschauen.« Katrin steht auf und geht vorsichtig Richtung Mülleimer.
»Da ist sie!« flüstert sie aufgeregt. »Guckt mal, süß!«
Wolfgang verdreht die Augen. »Nicht zu fassen, wie verstädtert du bist. Drauftreten mußt du, so hat mein Opa das gemacht. Gatsch mit dem Absatz, und gut war.«
»Niemals«, sagt Katrin, »guck doch.«
»Dann laßt uns jetzt über die Nachteile sprechen, keine Kinder zu haben«, sagt Renate mit theatralischer Geste.
»Gefühlsübertragung auf Schädlinge.«
»Das ist kein Spaß«, sagt Hans. »Die nagt die Mülltüte auf, und morgen früh fällt uns alles entgegen.«
Wo sie sowieso zu faul sind, den Müll wegzubringen. Drei zugebundene Tüten stehen neben der Spüle, und in der Scheune die leeren Flaschen. Der letzte Tag wird vollständig fürs Putzen draufgehen. Putzen und Holzhacken, damit nicht so auffällt, wieviel sie verfeuert haben.
»Okay, ich scheuch sie weg«, sagt Katrin, »aber tot mach ich sie nicht.«

Sie tritt mit dem Fuß gegen den Mülleimer. Katrin ist die einzige, die Hausschuhe mitgebracht hat, echte Hüttenschuhe, denkt Christian, mit gestricktem Fuß und aufgenähter Sohle. Er mag die Sorgfalt dieses Details, falls Katrin es bedacht hat. Er mag jetzt auch Katrin wieder. Alle, wie sie hier sitzen.
Am fünfzigsten Geburtstag seines Bruders waren Gunda und er die einzigen, die geraucht haben. An die vierzig Gäste, alle nikotinfrei, und nur einer pro Pärchen, der sich nachschenken ließ. Die ersten gingen um halb zwölf, und gegen eins waren nur noch er, Gunda und die erwachsenen Neffen mit ihren Freundinnen da. Also doch eine Clique. Gunda war betrunken, aber die einzige, die es schaffte, mit der schwarzgekleideten Freundin von Lukas ins Gespräch zu kommen. Diese letzte Stunde war die schönste der Party gewesen. Sein Bruder hatte den Plattenspieler freigeräumt, der seit Jahren unter Stapeln von CDs begraben lag, und Mother's Finest aufgelegt.

Sie schweigen. Je länger sie abends ums Feuer sitzen, desto stiller wird es. Aber das stört nicht, es gibt ja das Feuer, das knistert und ab und zu knallt, die Kippen, die regelmäßig hineingeworfen werden, das Scharren, wenn jemand sein Glas vom Boden aufnimmt. Gundas Augen glänzen. Jetzt, wo sie wieder so hübsch aussieht, fällt Christian ein, daß sie vielleicht nicht aus Eifersucht das Zimmer-Auswürfeln ablehnt, sondern daß es wahrscheinlich noch schwerer fällt,

einen eindeutig versehrten Körper zu einem fremden ins Bett zu legen, als einen, der nur altert. Er überlegt, wieso ihm das bisher nicht eingefallen ist. Es muß an der Dreistigkeit liegen, mit der Gunda ihm selbst ihren Körper zumutet. Ihm gegenüber ist sie nie schüchtern gewesen, auch nicht nach den Operationen, im Gegenteil, ihm kam es so vor, als ob sie nicht mal die Idee zuließ, ihn könnte der Anblick vielleicht ekeln, zumindest aber erschrecken.
Sofort ist er wieder da, der Ärger über die Zumutung. Christian öffnet den Mund und versucht, möglichst flach zu atmen. Sie ist nicht schuld, denkt er, aber das hat noch nie geholfen.
»Na, trübe Gedanken?« fragt Wolfgang, und Christian nickt und läßt sich nachschenken.
»Evolutionstechnisch sind trübe Gedanken äußerst sinnvoll«, sagt Wolfgang. Christian lächelt. Jetzt kommt bestimmt wieder ein Merkspruch, der ihn von heute an ab und zu trösten wird. Entgegen der landläufigen Meinung ist es ein Segen, Psychologen im Freundeskreis zu haben.
»Die Erinnerung an unsere Fehler drängt sich auf, damit wir sie nicht noch mal machen und womöglich die Art gefährden.«
Katrin schnaubt. »Funktioniert aber irgendwie lückenhaft, findest du nicht?«
»Tja«, Wolfgang nickt entschuldigend. »Ist eben nur ein Mechanismus unter vielen.«
Christian fallen die Infusionsnadeln und Gundas Hand-

rücken ein. »Was ist mit den Dingen, an die man ständig denkt, obwohl man gar keinen Einfluß auf sie hat?« fragt er.

»So genau kann dein Gehirn eben nicht aussieben. Und woher willst du überhaupt wissen, worauf du Einfluß hast und worauf nicht?«

Auf Krankheit nicht und auf Tod nicht. Oder vielleicht doch. Vielleicht will er keinen Einfluß darauf haben können. Weil es dann auch eine wirkungsvolle und eine falsche Art gäbe, darüber nachzudenken.

»Als Kind habe ich immer geglaubt, wenn ich vorher bedenke, daß etwas schiefgehen kann, geht es mit größerer Wahrscheinlichkeit nicht schief. Weil ich aus Erfahrung wußte, daß es einen am schlimmsten trifft, wenn etwas unerwartet schiefgeht. Ich hab das Schicksal für so ehrgeizig gehalten, daß es nur die perfekten Gelegenheiten nutzt, um zuzuschlagen.«

Wolfgang lacht. »Und dich für so schlau, ihm diese Gelegenheiten zu vermasseln.«

»Natürlich. Als Kind war ich doch noch Herr über mein Leben.«

Katrin schnaubt wieder. »Ob du dich da auch vollständig und im Sinne der Evolution korrekt erinnerst?«

Christian starrt ins Feuer. »Ich glaube schon. Schließlich mach ich diesen Fehler jetzt nicht mehr.«

Das Feuer ist so gut wie niedergebrannt. Jemand muß aufstehen und Holz aus dem Schuppen holen.

»Ich gehe«, sagt Renate. »Aber nicht allein.«
»Also gut.« Christian steht auf. »Damit der Stapel nicht über dir zusammenbricht wie heute morgen über Gunda.«

Es ist doppelt kalt draußen, wenn man so lange am Feuer gesessen hat. Renate hakt sich bei Christian ein.
»Komm, schnell.«
Im Schuppen ist kein Licht, und sie haben die Taschenlampe vergessen.
»Geh aus der Tür«, sagt Christian, und Renate tritt zu ihm in den Schuppen. »Gleich sieht man was.«
Sie füllen den Wäschekorb mit Scheiten und packen jeder einen Griff.
»Hält der das aus?« fragt Renate. »Vielleicht brauchen wir nicht mehr so viel und gehen lieber ins Bett.«
»Welches Bett?« fragt Christian und gibt sich rasch selbst die Antwort: »Welches auch immer dran ist.«
»Die Umzieherei nervt«, sagt Renate und stößt mit der Ferse die Schuppentür zu. Gelenkig ist sie auch.
Von draußen sieht das Haus dunkel und unbewohnt aus; das Küchenfenster geht zur Seite raus.
»Ich war schon hundertmal hier, weißt du«, sagt Christian und bleibt stehen.
Renate läßt ihr Ende vom Korb los. Ein paar Scheite kullern ins Gras.
»Ich auch bald«, sagt sie.
»Nein«, sagt Christian. Er spürt, wie Renate ihn im Dunkeln

ansieht. »Nicht damals«, fügt er hinzu. »Nicht, als alles neu war.«
Der erste Sommer. Als sie überall Spuren der alten Besitzer gefunden hatten. Als die Schlafzimmer noch nicht verteilt waren und er mit Gunda und seiner Schwester auf dem Scheunenboden gepicknickt und Pläne gezeichnet hatte.
»Wir hatten eine Schaukel an den Balken überm Tor gehängt. Nicht für die Kinder, Kinder gab's noch keine. Nur für uns.«
Renate klingt munter. »Ja, schade«, sagt sie. »Wer hat sie abgehängt? Dein Bruder? Damit niemand runterfällt?«
»Weiß ich nicht. Wahrscheinlich.«
»Willst du denn wieder eine?«
Christian schüttelt den Kopf. »Ach was. Die Schaukel gab's nur, weil der Balken so dick war. Um zu beweisen, daß man hier alles machen kann, was man in einer Neubauwohnung in der Stadt nicht machen kann.«
Er kickt gegen eines der Holzscheite. Renate atmet hörbar ein.
»Alles?« fragt sie.
»Ja. Alles.«
Sie kommt auf ihn zu.
»Laß mal«, sagt Christian schnell.
»Was denn?«
Es ist wie heute morgen, als er Gunda nicht trösten durfte. Nur daß jetzt er an der Stelle von Gunda ist.

Renate lacht und legt ihm trotzdem den Arm um die Hüfte, den Kopf an seine Schulter.
»Keine Sorge«, sagt sie. »Vor mir brauchst du nun wirklich keine Angst zu haben.«

Sie lassen den Korb mit Holz neben der Bank auf den Boden plumpsen.
»Tür zu!« ruft Wolfgang und greift gleich zwei Scheite, um sie auf die nur noch schwach glühende Asche zu legen. »Achtung!« Er bläst hinein.
»Das wird wieder«, sagt er zufrieden. »Irgendwelche Wildschweine draußen?«
»Nichts«, sagt Renate.
Sie bleibt an die Spüle gelehnt stehen. Christian geht zurück auf seinen Platz und sieht zu, wie aus der Glut kleine Flammen aufspringen.
»Ich geh schon mal ins Bett«, sagt Renate. Als keine Antwort kommt, klopft sie sich mit der flachen Hand auf den Schenkel und geht zur Tür. »Gute Nacht zusammen.«
»Moment«, sagt Wolfgang, als sie draußen ist. »Haben wir schon gewürfelt?«
Katrin sieht strafend auf. »Tu doch nicht so.«
Das vordere Scheit fängt zuerst Feuer, obwohl es nicht kleiner ist als das hintere.
Wolfgang zieht die Augenbrauen hoch. »Scheinbar hab ich was verpaßt.«

»Will jemand Kaffee?« fragt Christian und steht auf.
»Jetzt noch?«
Die kleine elektrische Kaffeemaschine steht auf einem Bord neben der Spüle. Als Christian den Filterbehälter vorklappt, löst er sich aus der Halterung, und der Kaffeesatz vom Nachmittag fällt Christian auf die Füße. Er faßt die durchweichte Filtertüte mit spitzen Fingern und schleudert sie in Richtung der Müllsäcke.
»Was machst du für eine Sauerei?« fragt Hans.
Christian versucht, den Filterbehälter wieder einzuhängen, aber der kleine Plastikzapfen ist abgebrochen.
»Scheißding«, er wirft den Behälter in die Spüle.
»Was machst du denn?« fragt Katrin.
Christian bückt sich und zieht den Stecker aus der Wand.
»Kaffee. Aber nicht mit dieser Maschine. Solche hat man heutzutage gar nicht mehr. Deshalb stehen sie auch zu Dutzenden halb kaputt hier im Ferienhaus rum.« Er drückt Katrin die Maschine in den Schoß. »Bitteschön. Kannst du verfeuern oder als Andenken für die Kinder aufbewahren. Für wessen auch immer.« Er läßt Wasser in einen Topf und stellt ihn zitternd auf die Herdplatte.
»Wie du meinst«, sagt Katrin und wirft die Kaffeemaschine ins Feuer.
»Seid ihr jetzt übergeschnappt?« ruft Wolfgang und springt auf. Er zieht die Maschine am Kabel aus dem Feuer.
»Ich laß mich doch nicht zum Deppen machen«, sagt Katrin
»Was hab ich denn damit zu tun.«

Christian sieht auf den Topf, unter dem die Herdplatte jetzt anfängt zu zischen und zu knallen.
Hans seufzt. »Mensch. Das stinkt doch.«
Richtig, denkt Christian. Der Herd ist fettig und soßenverspritzt, die Mäuse nagen die Mülltüten auf, und auf dem Boden liegt feuchter Kaffeesatz, der sich nicht wegfegen läßt. Wenn man jetzt den Besen nähme, würden die Staubflusen, die niemand rausgezupft hat, sich zu Dreckbatzen zusammenrollen und sich auf ewig mit den Borsten verbinden. Christian will am liebsten gar nichts mehr anfassen, nicht mehr reingehören in dieses Haus, zu diesem Dreck, wieder klein sein, Eltern haben, die für ihn sorgen.
»Ich wasch mal ab«, sagt Gunda, tritt an die Spüle und dreht den Wasserhahn auf.
Hans steht auch auf, greift sich den halbzerfledderten »Stern« aus dem Altpapierkorb und sagt: »Wenn ihr jetzt mit Putzen anfangt, geh ich ins Bett. Ihr könnt mir ja was übriglassen.«
Welches Bett. Christian sieht auf Gundas Hände im Spülmittelschaum, denkt an ihre Knie im Badeschaum, fragt sich, ob er auch nach oben gehen soll, und in welchem Bett Renate liegt. Er würde gern ein Bad nehmen. Zu Hause nimmt er immer ein Bad, wenn ihm alles andere zu kompliziert ist, aber hier gibt es keine Wanne, hier gibt es nur eine Duschkabine, weil die Geschwister nichts übrig haben für warmes Badewasser und Taschenbuchkrimis, sondern ihre Körperpflege effektiv erledigen. Die Kinder sind im

Sommer oft in die Kuhtränke vor dem Haus gestiegen, aber das tun sie inzwischen bestimmt nicht mehr. Lukas hat die Narbenhaut, und seine schwarzgekleidete Freundin hat nicht so ausgesehen, als ginge sie bei Sonne auch nur nach draußen.
Ein Sitzplatz an der Kuhtränke wäre schön, eine Eckbank wie hier am Feuer, um dem Wasser beim Überlaufen zusehen zu können. Das würde den Brennholzbedarf enorm reduzieren, wenn sie eine zweite Möglichkeit zum Hineinstarren hätten. Katrins Augen sind schon ganz glasig, aber das kann auch am Wein liegen.
»Ich fahr morgen weg«, sagt sie.
»Hör auf«, sagt Wolfgang, »das sagst du jedes Mal.«
Gunda fängt an abzutrocknen. Katrin steht auf und hilft beim Wegräumen. Christian gießt kochendes Wasser in die Kaffeekanne und löffelt Kaffee dazu.
»Falschrum«, sagt Katrin und hat recht, das Pulver geht nicht unter, sondern liegt als Haufen obenauf. Christian gießt nach, die Kanne läuft über.
»Kommst du mit rauf?« fragt Katrin Gunda. Die beiden hatten letzte Nacht das schöne Schlafzimmer zusammen. Gunda nickt und hängt das Trockentuch auf. »Bis morgen«, sagt sie.
Das muß nicht heißen, daß sie wieder mit Katrin das Zimmer teilt. Zu Hause sagt Gunda auch »Bis morgen«, wenn sie als erste ins Bett geht. Im selben Bett zu schlafen, bedeutet bei ihnen nicht mehr zwangsläufig, beieinander

zu sein. Jeder schläft und träumt für sich, um morgens die Augen aufzuschlagen und nachzusehen, ob der andere noch da ist. Vielleicht legt Katrin sich zu Hans, und jetzt liegen zwei Frauen allein da und warten, daß er zu ihnen kommt. Zum Glück gibt es Kaffee.

»Ihr seid schuld«, sagt Christian und setzt sich zu Wolfgang auf die Bank. »Du und Renate. Ihr seid die Anführer. Ihr seid verantwortlich für die Evolution.«

»Wie bitte?« Wolfgang schenkt Wein nach.

»Na, Stammesentwicklung. Fortpflanzung.«

»Ach, darum geht's noch.«

»Ganz genau. Darum.«

Wolfgang stützt seinen großen Kopf in die Hände, die Ellbogen auf die Knie. Christian sieht, wie das Feuer sich in seinen Augäpfeln spiegelt. Er hat schöne Augen, sein Freund. Und große Hände. Den Ehering kriegt er bestimmt nicht mehr runter, aber wozu auch.

Wolfgang wiegt den Kopf. »Wie bei den Wölfen, meinst du.«

Christian zuckt die Schultern.

»Bei den Wölfen kann nur das Weibchen des Anführers überhaupt schwanger werden. Die andern Weibchen sind gar nicht fruchtbar, solang sie unterworfen sind.«

Christian nickt. »Genau«, sagt er, »genau das meine ich.«

»Na ja«, sagt Wolfgang, »die machen das dann aber auch.«

»Was?«

»Junge kriegen.«

Christian zuckt die Schultern.

»Trotzdem«, sagt er.
Wolfgang räkelt sich und legt noch mal nach. »Ich versteh nicht, warum das auf einmal wieder Thema sein soll. Ist doch längst zu spät.«
»Sicher«, sagt Christian. »Aber wer schuld hat, kann man ja trotzdem feststellen.«
Das ist es. Wolfgang hat in diesem Falle versagt. Wolfgang war der einzige, der überhaupt die Chance gehabt hätte, Kinder zu zeugen. Und jetzt schlich seine Frau im Dunkeln herum und versuchte, ein neues Alpha-Männchen zu küren. Aber nicht mit ihm. Er könnte höchstens noch seinem eigenen Weibchen, das in die Fuchsfalle geraten ist, die verstümmelte Pfote lecken. Wahrscheinlich nicht mal das.
»Gute Nacht«, sagt er zu Wolfgang, der mit dem Schürhaken auf die Kaffeemaschine klopft.
»Nacht.«

Christian steigt im Dunkeln die Treppe hoch. Unter keiner der Türen ist noch Licht zu sehen. Wahrscheinlich haben sie es gemacht wie letzte Nacht, und sein Platz ist links bei Renate.
Er will nicht. Er kann sich nichts Absurderes vorstellen, als neben einem anderen Körper zu liegen, geschweige denn, einen solchen anzufassen. Warum das wohl jemals ging. Vielleicht, wenn er ganz flach atmet.

Leider nein

Daß jeden Tag etwas Spannendes und Lustiges passieren sollte, zumindest aber etwas überdurchschnittlich Angenehmes oder gänzlich Unverhofftes, ließ Sandra nervös werden. Bevor sie abends ins Bett ging, schaltete sie den Anrufbeantworter ein, falls sie im Schlaf das Telefonklingeln überhören sollte. Dieser Fall war noch nie eingetreten, Sandra war viel zu nervös, um nicht beim ersten Klingeln hellwach zu sein, trotzdem sah sie morgens als erstes nach, ob nicht die rote Lampe blinkte. Leider nein, aber es war auch noch früh. Ob der Hörer richtig aufgelegen hatte?

Sie zog sich an, was eine Weile dauerte, weil sie nicht wußte, ob sie sich hübsch machen sollte für das Unerwartete, oder ob sie die schönen Kleider lieber schonen sollte für den Tag, an dem es mit größerer Wahrscheinlichkeit geschah. Noch war es früh, noch scheute sich die Welt, bei Sandra anzurufen. Noch war die Post nicht gekommen. Noch war nicht klar, ob das Wetter sich halten würde.

Gegen Mittag ließ die Nervosität etwas nach. Claudia hatte angerufen, um Sandra zum Abendessen einzuladen. Das war nicht wirklich spannend, aber zumindest war das Telefon nicht kaputt. Die Post war gekommen, eine Urlaubskarte von Sven, was bedeutete, daß er sie noch nicht aus seinem Adreßbüchlein gestrichen hatte. Der Himmel hatte sich bewölkt, so daß Baden nicht mehr in Frage kam. Sandra ging zurück ins Bett und zog sich die Decke über den Kopf.

Alles in allem war der Sommer doch die übelste Jahreszeit. Warm zwar, bunt und duftend, aber deshalb auch drängelnd und in ständiger Erwartung begriffen.
»Na, was machst du draus?« fragt die Sonne alle fünf Minuten, während sie scheint.
November war besser. Im November war das, was man tat, ein tapferes Trotzdem: trotz des Regens, trotz der Kälte, trotzdem es nicht richtig hell wurde im Zimmer. Leider war aber nicht November, sondern August, und im August mußte noch mal doppelt soviel Schönes passieren. Wozu sonst war die Nacht so lau, der Teer so weich, das Wasser glitzrig und das Gras frisch gemäht?

Sandra war eine von denen, die nicht gelernt hatten, das Leben gelassen zu nehmen: Beruf, Liebe, Familie, Altwerden. Für Sandra schienen diese Dinge mit großen, eigenmächtigen Entscheidungen zusammenzuhängen.
»Willst du alt werden?« fragt das Schicksal, und Sandra überlegt.
»Ich glaube, lieber nicht«, antwortet sie. »Alles wird anstrengend, weil der Körper kaputtgeht und die Erinnerun-

gen immer schöner werden. Alles wird dringend, weil das Leben bald vorbei ist, läßt sich aber nicht mehr verwirklichen, weil man dann früher eine andere Richtung hätte einschlagen müssen. Nein, ich denke, lieber nicht.«
Claudia war genauso. Bei jedem Abendessen bestätigten sich die beiden, wie sie die Kinder, die sie nicht hatten, auf keinen Fall nennen würden. Sven hatte schon mehrmals dabeigesessen und glasige Augen bekommen.
»Hanna, Laura, Sophia? Nein: Sophia-Charlotte. Und das zweite Charlotte-Sophie.«
Zum Glück war Sven im Urlaub.
Sven war ein bißchen anders. Er bastelte gern, und zwei Frauen hatten bereits Kinder von ihm abgetrieben. Sven ging mehr drauflos, aber vielleicht kam das Sandra auch nur so vor, weil er ohne weiteres in Urlaub fuhr. Sandra wollte mit dem Urlaub noch warten, bis sie ihr Leben richtig auf der Reihe hatte.

Das Spannende und Lustige, auf das Sandra wartete, war in Wahrheit das Romantische. Wenn sie allein im Bett lag, so wie jetzt, dachte sie daran, daß sie eine Frau war. Mit allen Begehrlichkeiten und gewiß auch allem Begehrenswerten. Das kam ihr absurd und anstrengend vor, ließ sich aber nicht wegüberlegen. Geschichten von vertrockneten Zimmerpflanzen, Osteoporose und Gebärmuttersenkung fielen ihr ein. Die Zimmerpflanze hatte sie von ihrem letzten Freund zur Trennung geschenkt bekommen, zum Üben, wie er meinte, üben, wie man sich Lebewesen gegenüber verhielt. An Osteoporose waren hormonelle Umstellungen schuld, vollkommen natürlich, aber wieso denn jetzt schon? Und die Gebärmuttersenkung war unvermeidlich, wenn man keinen Mann hatte, der einem die Getränkekisten in den vierten Stock trug, beziehungsweise wenn man Jahre damit zugebracht hatte, den Richtigen zu überzeugen, indem man die Kisten selber trug. Alles hatte sich geändert. Alles war ein Irrtum gewesen. Neues schlich sich von hinten an.

Sandra lag und dachte und spürte die Begehrlichkeit. Irgendwo hatte sie gelesen, daß Frauen ihre Sexualität erst ab dreißig richtig entdecken würden. Diese These traf auf Sandra absolut zu.

»Da bist du ja, Sexualität«, murmelte sie ins Kissen.

Was sollte sie nur mit ihr anfangen? Die Geschichte von Caroline Ingalls fiel ihr ein, die tüchtig und glücklich auf »Unserer kleinen Farm« lebt, zusammen mit Charles und den Kindern, dem Apfelkuchen und den Gebeten, und die in einer Folge plötzlich das Haar offen trägt und sich wünscht, daß Charles es bemerkt. Und dann bemerkt Charles es und sagt ihr, wie schön sie ist, und sie muß doch nicht mit dem Tagelöhner aus North Dakota vögeln, dessen Anwesenheit sie überhaupt erst auf die Idee gebracht hat, sondern bekommt herrliche nächtliche Stunden mit Charles geschenkt, Gottes Segen und noch mehr Kinder. Derartige Rahmenbedingungen standen Sandra leider nicht zur Verfügung.

»Du mußt geschmeidiger sein«, war ein Rat, den sie ernst nahm. Rumgezicke ging ihr bei Freundinnen auch auf die Nerven. Aber wie sollte sie es abstellen, wo sie doch ständig im Recht war?
»Die Frau ist dem Manne untertan«, sagte der Mann, den Sandra unter allen Umständen lieben wollte. »Zu deinen Diensten«, antwortete sie und wußte dann nicht weiter. Er auch nicht. Also blieb sie allein.

Am Abend auf dem Weg zu Claudia bemühte sich Sandra, die Vorzüge zu genießen, die die mittelgroße Stadt gegenüber der Großstadt bereithielt: die Grünphasen der Ampeln waren länger, die Radfahrer fuhren langsamer, das Rot des Grundschulneubaus paßte zum Stoppschild. Und vor Claudias Haustür war ein Parkplatz frei.
Sie blieb noch ein Weilchen sitzen, nachdem sie den Motor abgeschaltet hatte. Im Autoradio schrie Whitney Houston: »I will always love you!«, ein Versprechen, das sie niemals würde einhalten können, weshalb schon in der zweiten Strophe Trompeten zum Gesang hinzukamen. »I will always love you!«, immer verzweifelter. Sandra kannte diesen Willen nur zu gut. »Der Willi isch heut net daheim«, sagte sie und stellte das Radio ab.
Oben in der Küche überfiel sie Rührung. Es gab Geschnetzeltes in Sherrysoße, Endiviensalat und Ananasquark. Niemand wußte besser, was Sandra schmeckte, als Claudia. Niemand konnte es mütterlicher und gleich-

zeitig sorgloser zubereiten. Niemand sonst war so gut zu ihr.
»Warum reicht mir das nicht?« fragte Sandra Claudia, während sie die Quarkschüssel auskratzte.
Claudia schnaubte. Weil es Sandra nicht reichte, konnte Claudia behaupten, daß es ihr durchaus reichen würde.
»Du bist ein Vaterkind. Du brauchst einen Mann, vor dem du schöntun kannst.«
Seit neuestem betrachtete Claudia die Dinge systemisch. Deshalb war sie nie mehr um eine Antwort verlegen, und es machte Spaß, sich mit ihr zu unterhalten. Erst hinterher, auf dem Nachhauseweg, fühlte Sandra sich manchmal ein bißchen manipuliert.
»Aber wenn das so ist«, sagte sie jetzt, »warum nehme ich mir dann nicht einen, der mir zuschaut und applaudiert? Warum liebe ich dann am liebsten die, die mich praktisch nicht beachten?«
Claudia guckte ernst und mitleidig. »Wahrscheinlich hat schon dein Vater anderes im Kopf gehabt, als zu Kleinmädchenkram zu applaudieren.«
Sandra versuchte sich zu erinnern. Hatte ihr Vater sie nicht genügend wahrgenommen? Still war er gewesen und unwillig, wenn es um Elternversammlungen ging, aber er hatte durchaus ihre Zeugnisse bewundert und ihre Schulfreunde und Kindergärtnerinnen mit Namen anreden können.
»Als zweite Tochter hättest du sowieso ein Junge werden

sollen«, sagte Claudia und zuckte mit den Schultern. »Deshalb lebst du jetzt allein und machst Karriere.«
»Ich dachte, ich will einen Mann.«
»Na klar. Aber du findest keinen, wenn du deine Mutter nicht ehrst.«

Es war nicht leicht, sich so gut auszukennen. Klug waren sie, Sandra und Claudia, aber außerordentlich verzagt. Sie beschrieben sich gegenseitig den Weg, wollten ihn dann aber nicht beschreiten. Sahen sich Kylie Minogue im Musikkanal an, die tanzte dort durchsichtig frontal. »Das könnten wir auch«, kamen sie überein, aber wozu? Es gab keine Schallplatten, die sie verkaufen mußten, und niemand interessierte sich speziell für ihre Brüste.
»Wenn Kylie Minogue nackt tanzen darf, mach ich das auch«, sagt Sandra und springt auf.
»Du hast eine Ecke im Hüftschwung«, sagt Claudia, »das sieht ungelenk aus.«
Sinnkrisen und Lebensfragen. Und eine lange Reihe schillernder Ideen, die unaufhaltsam einstaubten. Sie gingen sich damit gegenseitig auf die Nerven.
»Dann tu's doch!«
»Tu ich auch.«
»Na los, bitteschön.«
»Ich trau mich nicht.«
Vielleicht war es Sandra deshalb so dringend mit dem Mann, den sie liebte. Weil er sich von vornherein weigerte.

Nach Hause fuhr Sandra einen Umweg, um nachzusehen, ob er die Nacht in seiner Wohnung verbrachte. Drei Fenster zur Straße hatte er, hinter dem rechten stand das Bett, aber das mittlere war gekippt. Kein klares Zeichen. Sandra war zu verwirrt, um sich zu erinnern, ob er mit offenem Fenster schlief. Und selbst wenn. Was würde Claudia sagen?
»Wenn es eine Verbindung zwischen uns gäbe, könntest du spüren, wo ich bin«, sagt der Mann.
Claudia schnaubt nur. »Vatertöchter und Muttersöhne können kein erfülltes Sexleben miteinander haben.«
Leider nein. Ob er bei einer Muttertochter untergekommen war?

Zum Glück kam Sven aus dem Urlaub zurück.
Er rief Sandra an und verabredete sich mit ihr in einer unterirdischen Cocktailbar.
»Die hättest du ohne mich nie gefunden«, triumphierte er. Sein Gesicht war hübsch gebräunt, aber trotzdem war er Sven und nicht der Mann, den Sandra unbedingt lieben wollte.
»Warum nicht?« fragte Sandra, aber es bedurfte keiner Antwort. Vernünftig war sie, auch nach dem zweiten Shut Down, zumal die Cocktailbar hergerichtet war wie der Dienstagstreff der Jungen Gemeinde. Trockenblumensträuße und Unterwasser-Poster. So etwas ließ sich nur mit Sven ertragen, das durfte sie auf keinen Fall gefährden. Sven war ein bißchen anders. Bei Sven war denkbar, daß ihm in erster Linie die Cocktails schmeckten.

»Schön ist es hier«, sagte er und raufte die Ähren des Erntedankkranzes, der neben ihm auf der Bar lag. »Schön, dich zu sehen. Und im Urlaub war es auch schön.«

Oft überlegte Sandra, warum es ihr nicht vergönnt war, sich ein bißchen zu entspannen. Was mußte denn schon Großartiges passieren? Es war doch gut, wenn nichts passierte, dann passierte auch nichts Schlimmes. Sie hatte genug zu essen, von Claudia zum Beispiel, sie hatte genug zu trinken, lecker Cocktails mit Sven, sie war von Krieg und Krankheit bislang verschont geblieben, nicht mal einen fremden Toten hatte sie gesehen, geschweige denn, einen bekannten betrauern müssen. Und das Fernsehprogramm war auch in Ordnung.
»Was willst du eigentlich?« fragt das Schicksal.
Sandra kaut an den Nägeln.
»Ich will«, nuschelt sie, »daß sich alles von selbst ergibt. Und zwar so, wie es meinem Unterbewußtsein richtig erscheint. Ich merke nichts von dieser Fügung, weil mir ja nicht bewußt ist, daß ich wollte, was ich bekomme. Also muß ich meine Wünsche auch nicht rechtfertigen, vor allem nicht vor mir selbst. Wozu ich dann überhaupt noch denken muß, weiß ich nicht. Für verzauberte orientalische Rätselspiele vielleicht.«
Der einzige, der diese Gedankengänge wirklich verstand, war der Mann, den sie liebte. Nur liebte der sie genau deshalb nicht zurück: »Ich will eine Frau, die solche Gedanken

verschwinden läßt. Und wenn ich sie treffe, werde ich das daran merken, daß sich die Frage nach Wollen oder Nichtwollen überhaupt nicht mehr stellt. Zack, und richtig ist es. Das kann man bei uns beiden nun wirklich nicht behaupten.«

»Willst du noch einen Shut Down?« fragte Sven und warf sich eine Handvoll Körner in den Mund.
Sandra schüttelte den Kopf. »Ich will eine Frau sein.«
Sven nickte. »Das wäre toll. Dann könnten wir mehr machen als uns hier sinnlos zu betrinken.«
Sven war kein Muttersohn. Sven würde alles Mögliche möglich machen, wenn sie ihn ließe.
Sie wechselten von der Cocktail- in die Karaokebar, trauten sich dann aber nicht, einen Song anzumelden.
»Schreib D14«, rief Sandra und trippelte ungeduldig mit den Füßen in einer Bierpfütze.
»Unmöglich, viel zu tief«, sagte Sven. »Wir singen ›When You Believe‹. Ich bin Mariah Carey, du machst Whitney Houston.«
»Niemals.« Sandra wurde blaß. »Niemals.«
Sie blätterten ziellos im Liederordner. Die Kellnerin verteilte Apfelkorn zum Warmwerden.
»Wenn doch nur –«, sagte Sandra und sah sehnsüchtig auf das kleine Podest neben dem DJ-Pult.
»Genau«, sagte Sven, »aber was soll man tun.«

Claudia war überzeugt, daß man Frieden schließen mußte mit den Vorfahren:
»Nur wenn du ihnen verzeihst, kannst du dich von ihrem Diktat befreien.«
»Kann ich dann auch Muttertochter werden und endlich wieder Sex haben?«
»Nein. Aber du kannst dann zur Abwechslung mal an was anderes denken.«

Beim Duschen überlegte Sandra, daß sie aufhören sollte zu duschen. Die ewige Körperpflege trug entscheidend dazu bei, daß sie sich ungeliebt und unbeachtet vorkam. Jeden Morgen richtete sie etwas her, das den Tag über keinen Abnehmer fand und abends unbenutzt ins Bett zurückgelegt werden mußte. Sie sollte vielleicht lieber aufhören, sich hinterrücks bereitzuhalten und damit ständig selbst zu demütigen. Wenn sie ungewaschen, ungezupft, klebrig und stinkend umherging, könnte sie im Gegenteil froh sein, daß ihr niemand zu nahe kam.
»Wer weiß«, flüstert das Schicksal. »Wenn ich mich nicht täusche, ist er auf dem besten Weg, ein bißchen abzuweichen von seinen Grundsätzen. Ich glaube, er kommt heute mal vorbei.«
Und schon steht Sandra wieder unter der Dusche.

Vier Wochen lang war Sandra jede Nacht bei ihm gewesen. Durchaus mit Einladung und bestimmt nicht aus Versehen. Dann hatte sie gesagt, daß sie ihn liebte.
»Das willst du wohl«, hatte er geantwortet. Er hatte nicht gewollt.
»Tut mir leid«, hatte er gesagt. Mehrmals. Dann war er wütend geworden. »Ich will nicht, verstehst du? Nein, nein, nein. Einfach: Nein.«
»Aber wenn das so ist«, hatte Sandra gefragt, »warum dann die vier Wochen?«
Er hatte die Schultern gezuckt. Und vorgeschlagen, im Jetzt zu leben.
»Muttersohn«, meinte Claudia, als Sandra ihr davon erzählte. »Ist es gewohnt, Frauen glücklich zu machen. Wahrscheinlich war's wirklich unfreiwillig.«

»Laß ab«, sagte Sven und zählte Sandra all die schönen Dinge auf, die sie bisher erreicht und erlebt hatte. Ohne Frage eine ganze Menge.
»Greif zu«, sagte Claudia und erinnerte Sandra an all die Menschen, die unterwegs waren und darauf warteten, daß andere den ersten Schritt taten. Der Mann, den Sandra lieben wollte, war allerdings nicht dabei.
»Verdammt noch mal«, schimpfte Sven. »Wie kann man nur so verstockt sein.«
Claudia schnaubte.
Sie fuhren zu dritt zum Baden.

»Zwei schöne Frauen«, sagte Sven, als sie zum Trocknen auf der Decke lagen. »Ich begreif das einfach nicht.«
Sandra und Claudia begriffen es auch nicht. Sie aßen Kekse, deren Schokoladenseite in der Schachtel klebenblieb, und sahen fremden Kleinkindern beim Matschbuddeln zu.
»Würdest du dir zum Stillen die Brustimplantate entfernen lassen, wenn du welche hättest?« fragte Sandra, und Claudia überlegte. Sven sah mit glasigen Augen über die Kinder hinweg auf den See.
»Ich denke nein«, sagte Claudia. »Wenn ich Brustimplantate hätte, würde ich das Kind per Kaiserschnitt holen lassen und mit Sojamilch aufziehen.«
»Reiswaffeln«, sagte Sandra. »In Sojamilch aufgelöste Reiswaffeln.«
Sie gingen ins Wasser und schwammen hin und her. Es war ein herrlicher Nachmittag.
Als Sandra nach Hause kam, blinkte die rote Lampe des Anrufbeantworters. Sven oder Claudia konnten es nicht sein, mit denen war sie eben noch am See gewesen.

Die Nacht war lau, der Teer weich, das Wasser glitzrig und das Gras frisch gemäht. Der Mann, den Sandra aus unbestimmtem Grund sehr sehr liebte, war ein bißchen von seinen Grundsätzen abgewichen, hatte die Hände unter ihrer Bluse und die Augen geschlossen. »Mein Sommermädchen«, flüsterte er.
In Situationen großer Bedrängnis sagte Sandra sich Sprich-

wörter ihrer schwäbischen Großmutter vor. »Am Schluß wird zsammazählt« kam ihr in den Sinn, und das hier war nicht der Schluß. Sie versuchte ihn zu küssen, aber er wich geschickt aus. Ob diese Nacht einen Pluspunkt oder einen Punkt Abzug bedeutete in der endgültigen Rechnung, ließ sich so auch nicht herausfinden.

So klein

1 *Befolge die Regeln.*

Svenja auf Biggis vierzigstem Geburtstag. Obwohl Svenja Biggi nicht kennt, empfindet sie großes Mitleid. (Regel: Sie ist nicht du. Wer aber ist sie dann?) Vierzig. Um Gottes willen.
Biggi kommt in einer hellen engen Jeans an die Tür.
»Ich bin Svenja«, sagt Svenja und gibt ihr die Hand. »Herzlichen Glückwunsch.«
Chrisse drängt sich vor und nimmt Biggi in den Arm. »Schön«, ruft er, »schön!«
Svenja starrt auf Biggis Kopf, der jetzt in Chrisses Halsbeuge liegt. Dauerwellen hat sie auch. Svenja überlegt, ob sie irgend jemanden kennt, der sich in den letzten fünf Jahren Dauerwellen hat machen lassen. Selbst Svenjas Großmutter haben sie die im Pflegeheim abgeschnitten.
Chrisse hat Svenja mit zu Biggis Geburtstagsparty aufs Land genommen. Das Land ist das, auf dem Chrisse aufgewachsen ist: schöne Hügel, Kühe. Das Haus ist Biggis Haus, zumindest die eine Hälfte. Svenja hat versäumt, im Auto noch mal nachzufragen. Vielleicht ist es Biggis Elternhaus, oder sie hat es sich gekauft, um in der Heimat zu bleiben. Vielleicht

ist Biggi aber auch gar nicht von hier, sondern erst später zu Chrisses Clique gestoßen. Chrisse ist Svenjas Freund, zumindest die eine Hälfte. (Regel: Er gehört dir nicht. Wem aber gehört er dann?)
Die Freundinnen haben aufgehört, Svenja zu warnen. (Regel: Nach der dritten Warnung liegt die Verantwortung wieder allein bei dir selbst.)
In der Küche stehen Leute um den Herd, und auf dem Herd steht ein riesiger Topf Chili con carne. Ein Typ holt mit den Zähnen Bohnen vom Kochlöffel, keucht und schneidet Grimassen.
»Die sind immer noch nicht durch«, ruft er, dann erkennt er Chrisse und schwenkt den Kochlöffel. »Nein!«
Chrisse und der Typ umarmen sich, Biggi übernimmt den Löffel. Svenja sieht auf das graumelierte Haar neben Chrisses Ohr und lauscht dem Schulterklopfen. Sie ist nur ein Mitbringsel. Sie kennt hier niemanden. Sie muß eine gute Figur machen, damit Chrisse es nicht bereut, sie mitgenommen zu haben. (Regel: Du bist auf dem Prüfstand. Immer und immer wieder.)
»Tom«, sagt Chrisse und löst sich. Er legt Svenja eine Hand in den Rücken, sie lehnt sich dagegen, also nimmt er sie wieder fort. »Das ist Svenja.«
Er läßt sie stehen und geht weiter ins Wohnzimmer.
»Ach so«, sagt Svenja zu Tom. »Du bist das also.«
Tom lacht, Svenja sieht auf seine Zähne. So schön wie Chrisse ist er nicht, aber ausreichend – selbstverständlich;

Svenja versucht, den Gedanken zu streichen. Sie schämt sich, aber sie kann nicht anders. Was tut sie hier?
»Daß du mitgekommen bist«, sagt Tom. »Das hätte ich mich nicht getraut.«
»Stimmt«, sagt Svenja, »jetzt, wo du's sagst –«
Tom lacht noch mal.
»Du gefällst mir«, sagt er. »Naja, klar. Der Chrisse.«
(Merke: Du bist nicht nur ein Mitbringsel, du bist auch eine Trophäe. Du bist alles mögliche. Zum Beispiel ohne Führerschein gefangen zwischen Hügeln, die du noch nie zuvor gesehen hast.)
Über Tom hat Svenja schon einiges gehört. Er ist Chrisses ältester Freund und angeblich der einzige, der halbwegs mit ihm Schritt halten kann, zumindest hier auf dem Land. Laut Chrisse hat er über tausend Frauen gehabt. Wenn er jetzt vierzig ist und mit sechzehn angefangen hat, denkt Svenja, macht das tausend durch vierundzwanzig. Svenja teilt hundert durch fünfundzwanzig und vertut sich mit dem Rest.
»Willst du was trinken?« fragt Tom.
Svenja nickt. Auf dem Tisch liegt eine gepunktete Wachstuchdecke. Die Balken, die das Haus zusammenhalten, liegen frei und sind dunkel gebeizt. Svenja meint, die Herkunft jedes einzelnen Geschirrteils bestimmen zu können. Sie sieht Biggi, die mit ihrem ungepflegten VW-Kombi zu Ikea fährt und sich in der Selbstbedienungshalle nicht zurückhalten kann: all die Sitzkissen und Karaffen und

hölzernen Besteckkästen. Svenja trinkt ohne abzusetzen ihr Glas aus und läßt sich sofort nachschenken. Sie kann sich nicht bei Biggi entschuldigen. Biggi würde nicht wissen, wofür.
(Regel: Zwar kann niemand deine Gedanken lesen, aber atmosphärisch strahlt alles nach außen ab.)
»Und wer bist du?« fragt Svenja die einzige Frau in der Herdgruppe.
»Toffi«, antwortet die Frau. »Ich bin Biggis große Schwester.«
Toffi, ja. Die Frauen enden alle auf -i, das ist Svenja schon früher aufgefallen, wenn Chrisse erzählt hat. Zu Toffi speziell fällt ihr nichts ein. Sie hätte die Chance, alles über sie aus erster Hand zu erfahren, aber wenn Chrisse nichts über Toffi erzählt hat, ist sie auch nicht wichtig. Hier nicht und für Svenja nicht. Vielleicht nirgends und für niemanden. Svenja versucht, diesen Gedanken zu streichen.
»Wo kommt denn der Name her?« fragt sie.
»Von Toffifee« sagt Toffi. »Ich bin das Toffi, Biggi ist die Fee.«
Am Küchentisch ist ein Stuhl frei geworden. Svenja überlegt. Wenn sie sich jetzt hinsetzt, kommt sie so schnell nicht mehr aus der Küche raus. Dann gehört sie fürs erste zu Toffi, Tom und dem Blonden im Jeanshemd, der direkt aus der Schüssel Kartoffelsalat in sich reinschaufelt. Vielleicht ist das nicht schlecht. Vielleicht sind sie eine wackere Mannschaft. Aus dem Wohnzimmer, in dem Chrisse ver-

schwunden ist, sind Musik und laute Stimmen zu hören.
Es hat Svenja noch nie gutgetan, mit Chrisse in einer Mannschaft zu sein. Wenn Chrisse einen ihrer Spielzüge beobachtet, versagt Svenja regelmäßig. Sie setzt sich hin.
»Guck mal, wir haben dieselbe Uhr«, sagt sie zu dem Typ im Jeanshemd.
»Die gleiche«, antwortet der mit vollem Mund und guckt auf ihr Handgelenk.

2 *Nimm das Spiel an.*

Biggi kommt mit dem Buch, das Svenja ihr eingepackt hat, und dem Geschenkpapier in der Hand zurück in die Küche.
»Danke«, sagt sie, und Svenja sagt: »Kennst du noch nicht?«
»Nein«, sagt Biggi. Sie legt das Buch auf einen Stapel Altpapier neben dem Geschirrschrank. Svenja weiß, daß das nicht so gemeint ist, dort liegen noch andere Geschenke.
Biggi bleibt eine Weile unschlüssig vor Svenja stehen.
»Komm doch mit rüber«, sagt sie dann.
»Danke«, sagt Svenja, »ich warte auf das Chili.«
Biggi lächelt und zuckt mit den Schultern. Svenja fragt den Typ im Jeanshemd nach seinem Namen.
»Konni«, sagt er und hat ganz blaue Augen.
Schon lange war Svenja ihrer Tanzstundenzeit nicht mehr so nah wie in diesem Moment. Schlagartig will sie Konni für sich haben, obwohl sie ihn weder kennt noch attraktiv

finden würde, säße er irgendwo anders als hier in der Küche. Sie nimmt die Schultern zurück und schlägt ein Bein unter.

»Und, Konni? Was machst du so?«

Konni hört nicht auf, Kartoffelsalat zu essen. Trotzdem sieht er Svenja an. Svenja wird schwindlig. Obwohl sie noch nicht mal gekostet hat, weiß sie genau, warum Konni nicht aufhören kann zu essen; sie spürt die Essiggurken auf der Zunge und seine Gier im Hals, sobald eine Ladung runtergeschluckt ist. Anfassen will sie ihn. Und auch Kartoffelsalat essen.

»Ich hab eine Baufirma«, sagt Konni.

Am Herd dreht sich einer um und lacht.

»Baufirma, ja? Glaub dem kein Wort. Maurer isser.«

Svenja guckt nicht hoch.

»Krieg ich auch eine Gabel voll?« fragt sie.

Konni nickt gütig und lädt ihr was auf.

Wie viele Frauen Chrisse gehabt hat, weiß niemand, oder niemand redet darüber, jedenfalls nicht mit Svenja. Tausend waren es nicht, das hat Svenja aus einem Stirnrunzeln gelesen, als sie Chrisse direkt gefragt hat. (»Hast du auch tausend Frauen gehabt?« Pause, Chrisse runzelt die Stirn. Svenja zählt leise: Eins, zwei, drei, vier, fünf, sechs, sieben, acht – eine lange Pause, und sie ist noch nicht mal bei zehn. Chrisse winkt ab.) Zuerst hat Svenja gedacht, daß es ihr egal sei, aber dann stellte sich heraus, daß, unabhängig davon, wie viele es tatsächlich waren, alle es hätten sein können: Svenjas Freundinnen, Svenjas Mutter, die Bäckereifachverkäuferin, die Referentin vom Kulturamt, die beiden Sachbearbeiterinnen in Chrisses Krankenkassenfiliale. Einfach alle hätten oder würden, und alle, das sind weit mehr als tausend.

»Eigentlich züchte ich Wüstenwarane«, sagt Konni.

Der am Herd dreht sich wieder um.

»Zeig's ihr schon, los!«

Konni winkt ab.

»Was denn?« fragt Svenja.

»Er hat einen auf dem Rücken. So groß.« Der am Herd zeigt etwas an, das unmöglich auf Konnis Rücken passen kann.

»Reptilien«, sagt Konni, »wie Krokodile. Schwer zu züchten. Hochempfindlich. Aber niedlich.«

»Zeig schon!« sagt der Typ am Herd.

»Später vielleicht.«

Svenja nickt und bekommt noch eine Gabel mit Kartoffelsalat.

»Wie heißt du?« fragt sie den Typ am Herd.

»Das ist Hasso«, sagt Konni. »Der heißt wie sein Hund.«

»Ehrlich?« fragt Svenja.

Hasso nickt und zieht sich einen Stuhl ran. »Nur daß ich keinen Hund habe.«

»Mich hast du«, sagt Toffi und setzt sich auf Hassos Knie.

Hasso tätschelt ihr den Oberschenkel.

»Das ist mein Ex-Mann«, sagt Toffi zu Svenja. »Wir sind

trotzdem noch befreundet. Genau wie Tom und Susu. Und Biggi und Lars.«
»Wo is'n Lars?« fragt Hasso.
»Holt Caspar vom Kino ab.«
Eine Mannschaft. Svenja erfährt einiges, wovon Chrisse ihr bisher noch nichts erzählt hat. Daß Biggis Ex-Mann Lars übergangsweise wieder hier wohnt, aber Tom auch, weil Susu es organisiert hat. Daß Caspar auch hier wohnt und deshalb – das muß sie sich selbst zusammenreimen – wohl Biggis Sohn und Lars' Ex-Sohn ist und trotzdem immer noch mit beiden befreundet. Lars und Caspar kommen prompt zur Tür rein und geben Svenja die Hand. Svenja kann sich nicht erinnern, wann sie das letzte Mal einem Sechzehnjährigen die Hand geschüttelt hat.
»Wo is'n Biggi?« fragt Caspar, und Svenja ist neidisch. Das rechtfertigt jede Dauerwelle, wenn man einen so großen Sohn hat und von ihm mit Spitznamen angesprochen wird. Sie will auf jeden Fall Caspar in ihrer Mannschaft haben. (»Ich bin ein Mann mit Kind«, hat Chrisse ganz zu Anfang zu Svenja gesagt, »und das ist eine Vergangenheit, gegen die du nicht ankommst. Da sind schon andere dran gescheitert.« »Was ist das Problem?« hat Svenja gefragt. Soviel sie wußte, hat Chrisse das Kind vor einem halben Jahr zum letzten Mal gesehen. »Das Problem ist, daß ich eine Vergangenheit habe und du nicht.« Seitdem ist Chrisse im Vorteil. Ein Kind mit Svenja will er nicht. Warum auch, dann läge sie ja gleichauf.)

Caspar verschwindet im Wohnzimmer. Er trägt diese riesigen Hosen und scheint auch sonst unumstößlich sechzehnjährig und großartig zu sein. Svenja hofft, daß Chrisse da drin irgend etwas macht, das Caspar abschreckt. Küssen vielleicht oder boxen, je nachdem. Einen Fehler, der Caspar zurücktreibt in die Küche zu Lars und Tom. Daß sie selbst keine Rolle spielt bei seiner Entscheidung, ist Svenja klar. Es ist ein Kampf unter erwachsenen Männern um die Gunst des männlichen Nachwuchses. Bestimmt nimmt Chrisse die Herausforderung an. (»Du darfst nicht so sehr wollen«, sagt Chrisse zu Svenja, wenn sie unter seinen Augen einen Spielzug versaut. Das ist wahr, aber sie kann daran nichts ändern. Zumindest nicht in bezug auf Chrisse.) Svenja hofft, daß Chrisse Caspar unbedingt will.
»Guter Typ, der Junge«, sagt sie probehalber zu Konni und Hasso.
Die nicken. »Caspar? Caspar ist in Ordnung.«
Svenja stellt sich vor, daß sie eine Tochter hätte. Unumstößlich sechzehnjährig und bauchfrei, mit einem ironisch-duldsamen Grinsen für Chrisse, der nur zu Besuch wäre und ihr deshalb nichts zu sagen hätte. Vielleicht will Konni ja ein Kind.
»Diese Wüstenkrokodile«, fragt sie ihn, »hast du die bei dir in der Wohnung?«
»Hat er«, sagt Hasso. »Deshalb ist es da immer schön warm.«

3 Spüre die Dynamik des Unaufhaltsamen.

»Das Chili ist fertig!« brüllt Tom.
Die Küche füllt sich, und Svenja verliert den Überblick, weil sie ihren Stuhl nicht aufgeben will.
»Soll ich dir was mitbringen?« fragt Konni.
»Ja. Ich halt dir den Stuhl frei.«
Chrisse legt ihr eine Hand in den Nacken. »Alles klar bei dir? Willst du Chili?« Svenja spürt ihn bis hinunter ins Steißbein.
»Danke, ich krieg schon.«
Tausend Frauen, und Tom schöpft Chili. Hinter Chrisse meint Svenja, sich selbst zu sehen, aber sie sitzt ja hier und hält Konni den Stuhl frei.
(Das passiert ihr öfter, seit sie mit Chrisse zusammen ist, daß sie sich selbst sieht. Sie geht zum Beispiel an seiner rechten Seite, mit ihrer Hand in seiner, und sieht, wie sie links von ihm ein Stück vorausläuft und wild gestikuliert. Oder sie trifft ihn durch Zufall auf der Straße und sieht sich ihm um den Hals fallen, während sie in Wirklichkeit stehenbleibt und verhalten winkt.)
Chrisse wickelt sich eine von Svenjas Haarsträhnen um den Finger und streicht mit dem Knöchel über ihren Hals.
»Geht's dir wirklich gut?«
»Ja.«
»Schön.« Er nimmt die Hand weg und rückt zum Herd vor.
(Auch daß sie anderen Männern den Stuhl freihält. Seit sie

mit Chrisse zusammen ist, hält sie ständig anderen Männern den Stuhl frei.)
Das Chili ist scharf, und Konni hat ihr kein Brot mitgebracht, deshalb kippt Svenja eine Menge Rotwein hinterher. Es wird immer leichter, sich mit Konni zu unterhalten. Und Hasso ist zunehmend begeistert.
»Laß uns tanzen«, sagt er zu Svenja.
Drüben hat jemand Iggy Pop aufgelegt. Hasso wirbelt Svenja knapp an den Balken vorbei, die auch im Wohnzimmer freistehen.
»Wunderbar«, ruft er.
Svenja tritt einer Frau auf den Fuß.
»Das wollte ich nicht«, sagt sie und faßt ihr zur Entschuldigung an die Hüfte. Hasso nimmt das als Aufforderung, Svenja an die Hüfte zu fassen und zu sich ranzuziehen. Svenja legt ihm die Arme um den Hals.
»Das war eindeutig zu intim«, flüstert sie betrunken in sein Ohr.
»Wieso denn? Wir tanzen doch nur.«
»Nicht wir. Wie ich die Frau angefaßt habe. Das mach ich immer, wenn ich Frauen gegenüber ein schlechtes Gewissen habe. Zuviel Küssen und Streicheln.«
Hasso nimmt dieses Bekenntnis als Aufforderung, seinerseits zu küssen und zu streicheln.
Svenja taucht weg.
(Das passiert ihr öfter, seit sie mit Chrisse zusammen ist. Niemand scheint diesen Umstand ernst zu nehmen.

Niemand will Svenja als vergeben betrachten. Wo ist Konni hin?)
Konni hat sich nicht von der Stelle gerührt. Er ißt Chili und hat inzwischen Schweiß auf der Stirn und Tränen in den Augen. Chrisse füttert Toffi mit einem Kaffeelöffel direkt aus dem Topf.
»Ist es jetzt soweit?« fragt Svenja und geht neben Konni in die Hocke. Ihren Stuhl hat jemand weggenommen.
Konni kaut. Svenja meint, nichts besser zu kennen als die Bewegung seiner Kiefermuskeln. Es dauert, bis er runterschluckt.
»Von mir aus«, sagt er teilnahmslos.
Svenja erschrickt und ist schlagartig nüchtern. Er will nicht. Es ist ihm egal. Er kann ihr seine Tätowierung zeigen, aber er kann es genausogut bleibenlassen. Wie gern hätte sie ihrerseits mal wieder ein solches Gefühl der Gleichgültigkeit. Des Desinteresses. Der Trägheit.
(Seit sie mit Chrisse zusammen ist, will ihr das nicht mehr gelingen. Sie kann nicht stillhalten, und jede Kleinigkeit ist äußerst brisant.)
Svenja wird rot und richtet sich wieder auf.
»Laß gut sein«, bringt sie heraus.
Chrisse füttert immer noch.

4 *Wiederhole im Stillen das Ziel des Spiels.*
Mach es zu deinem eigenen Ziel.

Svenja findet das Badezimmer und schließt von innen ab. Pinkeln ist gut, vor allem, wenn sonst nichts mehr geht. Svenja seufzt, das ist auch gut. Sie seufzt lauter. »Ahh«, macht sie, »auahh.« Eine Menge Shampooflaschen und Cremetuben und Schmuckkästchen und Parfümproben drängeln sich auf den Ablagen und sind ebenso krampfhaft um Aufmerksamkeit bemüht wie sie selbst. »Ist ja gut«, sagt Svenja, »nützt ja alles nichts.« Sie nimmt eine Haartönung vom Badewannenrand und liest die Gebrauchsanweisung. Wenn sie etwas sicher weiß, dann, daß es keinen Sinn hat, sich zu verändern. Das hier ist ein hübsches Bad. Rotes Noppen-PVC und blaue Handtücher. Sie könnte ewig drinbleiben. Es fühlt sich an wie ein Kindernachthemd, warm, bunt und muffig. Wenn jetzt noch jemand käme und ihr die Hand auf den Kopf legte.

Chrisse ist irgendwo im Gewühl, wie immer. Oder er geht die Straße entlang, Hände in den Taschen, große Schritte, nach außen gekehrte Fußspitzen. Er geht nicht wie jemand, der eine Hand übrig hat.

Es wummert gegen die Tür.

»Was'n los da drin?«

Svenja steht auf und zieht die Hose hoch. Gegenüber der Kloschüssel steht ein Spiegel, damit sie sich dabei zuschauen kann. Schön sieht es aus. Schimmernd. Vielleicht

hat er ja doch eine Hand frei. Sie hat schon lange nicht mehr gefragt.
»Chrisse? Tanzt du mit mir?«
Chrisse nickt und schiebt sie vor sich her ins Wohnzimmer. Bauch und Brust, darüber Pullover. Svenja weiß genau, wo sie festhalten muß, als es losgeht. Chrisse summt in ihr Ohr, Chrisse dreht sich, und irgendwo dahinten gibt es wahrscheinlich einen Autoskooter und Zuckerwatte. Es ist nicht das gleiche wie eine Hand auf dem Kopf, aber wendig und aufregend und schnell vorbei.
Danach sitzt Svenja auf dem Sofa und sieht den anderen Tänzern auf die Füße. Ihr Kopf ist schwer, sie legt ihn auf der Rückenlehne ab. An der Decke laufen auch Balken entlang. Hier stürzt nichts so schnell ein. Alle sind trotzdem noch miteinander befreundet, warum sollte sie die Ausnahme sein? Ganz bestimmt würde Chrisse sich an ihren Namen erinnern, wenn sie ihn jetzt danach fragte.

5 *Hör auf, nach einer Auszeit zu jammern.*

Chrisse hat die Schlafsäcke aus dem Auto geholt, und Svenja liegt auf Caspars schwarzem Spannbettuch. Zu ihren Füßen leuchten die Standby-Lämpchen seiner Stereoanlage. Chrisses Schlafsack liegt leer und schlaff neben ihr und riecht nach feuchtem Nylon.
»Ich komm dann«, hat Chrisse gesagt und sie auf die Wange geküßt.

Schon lange war Svenja ihrer Grundschulzeit nicht mehr so nah. Chrisses Schlafsack ist die Klassenkameradin, die sie überredet hat, über Nacht zu bleiben, dann aber sofort eingeschlafen ist, anstatt noch zu reden oder zu kichern oder zu spielen, daß sie Waisenkinder unter Deck eines Schaufelraddampfers sind. Svenja liegt wach und hat Heimweh. Im Zimmer ist es viel zu warm und zu dunkel wegen der geschlossenen Rolläden. Sie dreht sich auf den Bauch und nimmt ihre Brüste in die Hand. Draußen passiert noch was, aber sie ist nicht mehr dabei.
So klein ist sie.
Sie könnte wieder aufstehen und nachsehen gehen.
Vielleicht hat Caspar ein Heft unter der Matratze.
Sie streckt den Po hoch. »Faßt du mich an?« Bestimmt nicht. Jetzt nicht. Heute nicht. Morgen vielleicht, aber nicht, wenn Svenja will.
»Du darfst nicht so sehr wollen.«
Svenja weint. Sie ist noch keine vierzig. »Du Küken«, sagen Biggi und Toffi, ihre neuen Freundinnen, die sie noch nicht dreimal gewarnt haben. »Was hast du denn erwartet?«
Svenja steht auf und wickelt sich in ihren Schlafsack.
Drüben tanzt Chrisse mit Toffi. Als er Svenja sieht, läßt er los und kommt zur Tür.
»Ja sag mal«, sagt er und zieht besorgt die Augenbrauen zusammen, »kannst du nicht schlafen?«
Svenja schüttelt den Kopf. Er legt ihr den Arm um die Schulter und führt sie zum Sofa.

»Hier legst du dich hin und schaust noch ein bißchen zu. Wenn du eingeschlafen bist, trag ich dich rüber.«
Svenja gehorcht. Der Sofabezug kratzt unter ihrer Wange, ganz anders als die abwischbare Oberfläche des Schlafsacks. Drüben an der Wand sitzt Hasso mit einer Flasche zwischen den Füßen und macht sich die Fingernägel sauber. Chrisse küßt Toffi beim Tanzen, seine Hand gleitet unter ihren Pullover. Svenja wartet, daß ihr die Augen zufallen. Irgendwann ist es soweit.

6 *Du bist freiwillig dabei.*

(»Warum tust du das?«, hat Svenja schon öfter gefragt. Was *das* ist, wagt sie nicht zu sagen. Wie kann Chrisse es also wissen? »Ich tue nichts«, antwortet er dementsprechend, »ich lebe nur.« »Da muß es doch was geben, wonach du dich richtest.« Dann lacht er. Und Svenja vergißt alles, wonach sie selbst sich bisher gerichtet hat. Alles: bis auf Chrisse.)
Svenja wacht davon auf, daß Chrisse den Reißverschluß seines Schlafsacks öffnet. Bevor sie etwas sagen kann, ist er aufgestanden und zieht den Rolladen ein Stückchen hoch.
»Zeit fürs Frühstück«, sagt er.
Er schlüpft in seine Hosen und geht hinaus.
Svenja wartet. Sie kann sich nicht erinnern, wie sie zurück in Caspars Zimmer gekommen ist, was bedeutet, daß es nicht Chrisse gewesen sein kann, der sie gebracht hat.

Svenja hat keine von Chrisses Berührungen je vergessen. Sie sieht sich im Zimmer um. Die Rauhfasertapete ist nicht sauber verklebt, bestimmt haben Lars und Biggi das selbst gemacht. Jetzt sitzen sie beim Frühstück. »Möchtest du ein Ei?« wird Biggi fragen, und dann aufstehen und eines für Svenja aufsetzen. Bestimmt trägt sie heute morgen Hausschuhe zu ihren Jeans.

»Danke«, übt Svenja und strampelt sich den Schlafsack von den Beinen. Die Beine schimmern und sind noch warm von der Nacht. Es ist schade, sie unberührt auskühlen zu lassen. (Vielleicht fragt sie irgendwann noch mal. Heute nicht mehr. Jetzt gibt es Frühstück, danach werden sie ein bißchen beim Aufräumen helfen. Dann die Fahrt zurück, die schönen Hügel. Chrisses Stimme, mit der er zu jedem Hof eine Geschichte erzählt. »Und dort? Was ist dort passiert?« So klingt Svenjas Stimme. Das ist alles, was sie zu sagen hat.)

Unbeständig und kalt

Mit dem Wetter ist es wie mit dem Liebesleben. Schönes Wetter ist schön. Aber wenn es zwei Wochen hintereinander jeden Tag schön ist, wirst du zwangsläufig nervös. Da kann doch was nicht stimmen, denkst du. Auch: Es muß mal wieder regnen, was sagen sonst die Blumen. Oder: Wenn es jetzt so lange schön ist, ist es danach genausolange schlecht. Am liebsten wären dir drei Tage schönes, einen Tag schlechtes Wetter. Und das schlechte unter der Garantie, daß es am nächsten Tag wieder schön wird.

Etwas scheint aus dem Boden hervorkriechen zu wollen, und sie stemmt die Füße dagegen, um es aufzuhalten.
Das ist ein Fehler, jetzt kriecht es durch ihre Fersen in sie hinein und die Beine hoch bis zur Wirbelsäule; dankeschön, daß du mir hochhilfst, feixt es, dieses ekelhafte Gefühl, und dann krallt es sich von innen gegen ihren Hals, und sie fängt an zu weinen.
Drüben auf dem Bett atmet jemand hörbar aus.
Draußen fällt der Schnee, der nachts noch sacht und glitzernd vom Himmel gerieselt ist, in nassen Klumpen von den Bäumen.

Es taut.
Die Frühstückszeit ist vorbei, weil Saskia unzufrieden aufgewacht ist und streiten mußte. Jetzt sitzt sie hier und weiß nicht weiter. Sie hatte sich fest vorgenommen, eine Woche lang nicht zu weinen. Sie war entschlossen gewesen, sich nicht verletzen zu lassen. Hatte Trockenübungen gemacht, indem sie in Gedanken alles durchspielte, was ihr mit ihm widerfahren konnte. Einfach aufstehen und Frühstück machen, lautet eine der Verhaltensregeln, die sie sich selbst gesetzt hat, um durchzuhalten. Aber wie so oft ist der Ernstfall überraschend gekommen, sie hat nicht mehr daran gedacht, und jetzt heult sie.
Es ist auch nicht leicht, unverwundbar zu sein, während man mit nacktem Po auf dem kratzigen Bezug eines Schreibtischstuhls sitzt. Der Schreibtischstuhl ist selbst verwundet, ein fransiger Riß, aus dem die Schaumstoffüllung quillt, direkt zwischen Saskias Schenkeln. Drüben am Bett raschelt die Decke, wahrscheinlich steht er jetzt auf. Hat von der Anspannung noch mehr Hunger bekommen.
Das drüben am Bett ist Werner. Werner ist in Ordnung. Es gibt nur ein kleines Problem: er will sich nicht anschreien lassen. Schon gar nicht direkt nach dem Aufwachen.

Saskia und Werner. Ein Lied könnte man daraus nicht machen.

»Mach deine Arbeit«, hat er zu ihr gesagt, ein Dutzend Mal schon, heute wieder, und damit hat er recht.
Trotzdem sind die Sympathien klar verteilt; wir sind auf Saskias Seite. Hier beim Riß, zwischen ihren Schenkeln.
Es sind weiche Schenkel, solche, in die man gern seine Nase bohren würde, wenn das nicht wenigen Menschen in ausgesuchten Situationen vorbehalten wäre. Niemand weiß, warum Saskia ausgerechnet Werner dieses Vergnügen gönnt, wo er sie doch am liebsten bei der Arbeit sieht.
Nicht, daß er unrecht hätte. Werner ist in Ordnung. Trotzdem schmerzt es uns, hier, zwischen ihren Schenkeln, daß es ausgerechnet sein Mund ist, der sie berühren darf. Derselbe Mund, aus dem so häßliche Sätze kommen wie der mit der Arbeit.
Draußen gluckert es in den Gullis.

Mit dem Wetter ist es wie mit dem Weinen. Wenn zuviel Druck in der Luft ist, donnert's und regnet's. Danach ist alles frisch, die Sonne kommt vor, und es dampft ein bißchen. Oder aber es regnet sich ein, die Wolken bleiben hängen, und in höheren Lagen geht dann alles als Schnee runter. So lange, bis einer die Schaufel nimmt.

Saskia hält im Weinen inne und lauscht. Werner ist gegangen. Sie verbietet sich hinterherzulaufen, bekommt deshalb keine Luft und haut mit dem Knie von unten gegen die Schreibtischplatte, damit es wenigstens in echt weh tut. Nichts ist gut, wenn er da ist, aber daß er weg ist, ist erst recht nicht zum Aushalten. Sie heult wieder, lauter, so laut, bis sie sich selbst hören und hysterisch finden kann. Dann weint sie leise weiter, darüber, daß sie überhaupt so außer sich gerät.

Weil sie weint, sind wir auf Saskias Seite. Werner weint nie. Werner trägt passendes Schuhwerk und geht auf direktem Weg zu seinem Atelier. Er ist so weit gefestigt, daß er in der Bäckerei noch einen Kaffee im Stehen trinken kann. Vor der Scheibe gehen Leute vorbei, die ebenfalls auf direktem Weg zur Arbeit sind. Oder die bereits auf Arbeit sind und Arbeitsgänge erledigen. Das ewige Gejammer, denkt Werner und winkt mit der Hand wie ein Zollbeamter, weiter! weiter! Er wirft den Löffel in die Tasse, daß es klirrt. Alles ist voller Schriftzüge. Alles ist voller Menschen, die auf dem Weg zur Arbeit sind und sich vorher gewaschen haben, weil es nötig war. Er ist einer von ihnen.

»Weißt du, was du falsch machst?« sagt er zum Beispiel, und Saskia nickt innerlich, reißt den Kopf hoch und runter: jaja, sicher, ich weiß schon, sag's mir nicht, du mußt mir nichts sagen, ich weiß. Von außen gesehen zieht sie fragend die Augenbrauen hoch.
»Du zerstörst jedes Geheimnis, das du in dir hast. Der Mann begehrt das Geheimnis in der Frau. Das mußt du ihm lassen. Sonst begehrt er eine, die er nicht kennt und die deshalb geheimnisvoll ist.«

Das Wetter ist ein Geheimnis. Jeden Tag werden zahllose Wetterballons in die Luft gelassen, aber die Informationen richtig zu deuten, ist praktisch unmöglich.

Werners Atelier ist nicht weit entfernt, aufgeräumt und hell. Drinnen riecht es nach Linoleum, Werner ist Grafiker. Er macht Schriftzüge, die die Leute verwirren sollen. Oder provozieren. In jedem Fall aber bewegen. »Ich werde nicht eher ruhn« steht zum Beispiel in hellblauer Schrift an der Stirnseite des Raumes. Der Rest ist noch nicht fertig. Seine Sprüche sind ziemlich bekannt, zumindest unter Kennern. Er stellt in ganz Europa aus. Die Nachfrage ist größer als das Angebot, deshalb kann Werner guten Gewissens weiterproduzieren.

»Stell dir vor, daß zwischen uns ein Seil gespannt ist«, sagt er zum Beispiel, und Saskia denkt an Feuerwehrfeste und Jugendfreizeiten und nickt. Lieber loslassen, bevor das Seil einem die Handflächen aufscheuert, denkt sie, und: Es sind schon Kinder umgekommen, weil das Seil gerissen ist.

»Wenn du auf deiner Seite nicht ziehst, sondern ständig zu mir gelaufen kommst, ist doch klar, daß das Seil zwischen uns schlaff herunterhängt.«

Werner setzt sich an seinen Rechner und öffnet die Pläne zur Vollendung der hellblauen Schrift. Ein akustisches Signal ertönt. Von draußen ist nichts mehr zu hören.

Inzwischen beruhigt sich Saskia wieder. Sie richtet sich an einem albernen Gedanken auf wie dem, daß er seine Campingsachen noch bei ihr auf dem Speicher hat und deshalb irgendwann zurückkommen muß. Sie wäscht sich das Gesicht mit kaltem Wasser und zieht hübsche Unterwäsche an für den Fall, daß er seine Campingsachen schon heute nachmittag braucht. Sie trinkt keinen Kaffee, sondern geht auf direktem Weg in ihr Atelier.

Es ist dämmrig da drinnen. Der Arbeitstisch ist eine Preßspanplatte auf emaillierten Stahlfüßen. An der Wand hängt ein Bild, und Reste von Klebeband beweisen, daß dort mal mehrere hingen. Auf dem Tisch liegen große Bogen farbigen Kartons, die sie in kleine Quadrate zerschneidet. Die Quadrate legt sie zu Bildern zusammen, dann klebt sie sie fest. *Kontrast*, hat mal jemand geschrieben, *klare Abstinenz von osmotischer Beliebigkeit.*

Heute quillt der Klebstoff unter den Pappkanten hervor, und sie faßt rein und verschmiert alles, was schon fertig war. Sie seufzt. Greift nach der Klebstoffflasche und zieht Schlieren übers Papier, läßt Quadrate hineinsegeln, patscht sie mit der flachen Hand fest. Sie entwickelt eine neue Technik. *Klare Abstinenz von Präzision. Totale Verklumpung.*

Mit dem Wetter ist es wie mit der Kunst. Ein undeutbares Kommen und Gehen. Herren in Anzügen, die mit dem Zeigestab oder Laserlämpchen dastehen und warten, daß der Kameramann ihnen ein Zeichen gibt: »Hier ballt sich was zusammen.« Du hast keine Ahnung, ob es sich um ein Satellitenbild oder eine schematische Darstellung handelt. Und letzten Endes ist beides dasselbe.

Saskia schneidet seit zwei Jahren. Seit sie ihr Studium abgeschlossen hat, klebt sie Quadrate. Die Quadrate waren ihr Künstlerdiplom. »Erstaunlich«, hat ihr Professor gesagt, »erstaunlich konträr.« Sie hat das schon damals nicht verstanden. Die Quadrate waren eine Notlösung gewesen, ein besseres Puzzle, ein Bluff. Sie war eine Betrügerin. Aber dann hatte es diese Einladung gegeben und das Stiftungsgeld, einen Aufenthalt auf dem Land sowie die Vierhunderter-Auflage eines bunten Katalogs, und es wäre töricht gewesen, noch irgendwas zuzugeben. »Sehr schön«, hat ihr Professor gesagt, über den Katalog gebeugt. Und außerdem hat sie nichts anderes gelernt.
Man sollte meinen, daß es zumindest gegen Mittag etwas aufklaren würde.

Vielleicht merkt Werner nicht, wie die Zeit vergeht. Vielleicht ist Werner einer dieser Männer, die ganz in ihrer Arbeit aufgehen. Er hat Hunger; er holt sich ein Putensandwich vom Metzger gegenüber. Er wischt sich die Hände an der Serviette ab. Er legt Musik auf, um sich zu besinnen.
Er malt weiter.

Das ekelhafte Gefühl kommt zurück. Wenn Saskia nur ganz kurz die Augen schließt, schwillt es dahinter an und will in Tränen aufgelöst werden. Sie öffnet den Mund und versucht, stoßweise auszuatmen. Zwei Stunden sitzt sie jetzt schon im Atelier, aber es geht immer noch rund in ihrem Kopf: Was er gesagt hat, was sie gesagt hat. Was er nicht gesagt hat, was er statt dessen gesagt hat. Warum, wie lange noch. Was wohl heute nacht passiert. Was heute nachmittag passiert. Wie sie jemals wieder arbeiten soll, wenn er nicht wiederkommt.

Es gelingt ihr nicht, sich zu erinnern, wie es war, als sie ihn noch nicht kannte. Da hat sie ja auch schon irgendwie gelebt. Oft haben Sachen Spaß gemacht, obwohl er nicht dabei war. Sie versucht, sich konkret zu erinnern, an einen bestimmten Tag im Park, eine Party, einen Kneipenabend, und sie sieht sich, aber sie erinnert sich nicht. Als ob sie komplett umgestellt worden wäre. Umgerüstet. Abgerichtet. Und dabei ist nicht mal garantiert, daß all das, was ohne ihn keinen Spaß macht, mit ihm Spaß machen würde. Im Gegenteil. Es ist nahezu unmöglich, mit jemandem Spaß zu haben, der selbst keinen Spaß hat. Oder der glaubhaft versichert, nur vorläufig Spaß zu haben, in Kürze jedoch nicht mehr. Oder der nur Spaß hat, wenn er merkt, der andere hat keinen.

»Du bist ein Schäfchen«, sagt Werner.

Es gibt nur zwei gemeinsame Erlebnisse, die ihm nach eigener Aussage unanfechtbar Spaß gemacht haben. Und zwar

die erste gemeinsam besuchte Party, Saskias Diplomfeier an der Hochschule, auf der sie kaum mitbekommen hat, daß er da war, er sie aber beobachten und überlegen konnte, ob es lohnenswert sei, mit ihr ins Bett zu gehen. Und dann seine Finissage vor drei Monaten, auf der sie den ganzen Abend lang einen hemdsärmeligen Kunstkritiker versorgen mußte, von dem er sie kurz vor Schluß mit einem nach Bier schmeckenden Zungenkuß erlöste. Ach ja, und daß es Bier gab auf einer Finissage. Das hat ihm auch gefallen.
»Es kommt nicht darauf an, was mir Spaß macht«, sagt Werner. »Es kommt darauf an, was dir Spaß macht. Hör auf, dich in mir lebendig zu fühlen.«
Ganz recht. Wir sind auf Saskias Seite. Alle, auch Werner.

Es ist Mittag. Werner arbeitet, das Telefon klingelt.
Bitte nicht.
Doch.
»Ich bin's.«
Werner war gerade an dem herrlichen Punkt angekommen, wo die Spannungen des vergangenen Lebens abgebaut und die des zukünftigen Lebens knapp noch nicht in Sicht sind.
»Hm«, sagt er, leicht benommen.
»Ich wollte mal fragen, was du machst.«
»Arbeiten.«
»Gut«, sagt sie.
Und das war's. Er fragt nicht zurück, aber er hat auch nicht angerufen.

Vielleicht, wenn sich ursprünglich eine Idee mit den Quadraten verbunden hätte. Oder mit den Farben. Dann könnte sie jetzt, wo alles ein großer Klumpen ist, auf diese Idee zurückgreifen. Aber eine Idee hat es nie gegeben.
Saskia nimmt ihren Schirm und geht nach draußen. Drei Kreuzungen weiter sind ihre Füße naß vom dunkelbraunen Schneematsch in den Rinnsteinen. Die Hosenenden haben einiges aufgesogen. Dagegen hilft kein Schirm. Saskia setzt sich in einen Dönerladen.
»Für die Dame«, sagt der Wirt und stellt ihr ein knallgrünes Heißgetränk hin.
Werners Atelier ist nicht mehr weit. Wenn sie will, kann Saskia in zehn Minuten bei ihm sein.
»Freust du dich?« fragt sie dann.
Werner verzieht den Mund. Schwer zu sagen, ob das ein Lächeln oder Schmerz bedeutet. Sie schwingt sich auf seinen Arbeitstisch, steckt die Hände unter die Oberschenkel und läßt die Beine baumeln.
»Es kann nicht jeden Tag Sonntag sein«, sagt Werner.
Saskia schüttelt den Kopf.
»Nimm es als Geschenk«, sagt Werner, »zwing mich nicht.«
Saskia nickt.
Sie wird nicht hingehen. Ganz bestimmt nicht.

Mit dem Wetter ist es wie mit festen Vorsätzen. Es ist unwahrscheinlich, daß es im Juni schneit. Aber etwas fliegt durch die Luft, flauschige Flocken zusammengeballter

Samenhaare, die überall hängenbleiben, vom Wind über die Straße getrieben werden, die Wiesen zudecken, und du denkst, hoppla, es schneit ja doch. Was tun? Was glauben? Stellt sich am Ende alles ganz anders dar? Und schon mußt du wieder flexibel sein.

Bitte nicht.
Doch.
Jetzt, wo sie sich entschlossen hat, bei Werner vorbeizuschauen, geht es Saskia gut. Sie kauft zwei karamelisierte Erdnußcracker und zwei knallgrüne Kokoskugeln aus der Auslage des Dönermanns. Tritt hinaus auf den Gehweg und muß unwillkürlich strahlen: die frische Luft, und wie die Autoreifen über die nasse Straße schmatzen. Eine Straßenbahn hält, ihre Türen öffnen sich mit einem Surren, die Leute, die aussteigen, sehen richtig nett aus. Saskia kauft zwei Stück Himbeerkuchen mit Guß in der Bäckerei an der Haltestelle. »Guck mal, wie still und verzaubert die Himbeeren im Gelee liegen«, kann sie zu Werner sagen, während er das Papier zurückschlägt.
»Mhm«, sagt Werner dann und hat mit einem Biß das halbe Kuchenstück runter.

Zwischen Saskia und Werner gibt es keine Tabus.
»Du machst hier nicht die Regeln«, sagt Werner zum Beispiel.
»Ich sag nur, wie's mir geht«, sagt Saskia.

»Hab ich zur Kenntnis genommen«, sagt Werner.
»Aber es ist dir egal«, sagt Saskia.
Werner sieht aus, als ob er überlegen würde. Dann nickt er.

Saskia hält dem Pförtner die Kuchenpakete hin wie einen Ausweis. Er interessiert sich nicht dafür. Saskia steigt in den Aufzug. Im zerkratzten Spiegel sieht sie sich selbst. Es macht nichts, daß ihre Lidränder geschwollen sind. Exotisch sieht das aus. Sie schaut an sich hinunter. Das ist alles okay. Nichts einzuwenden. Sie ist gut für ihn. Vielleicht, wenn sie von Anfang an etwas anders gemacht hätte. Forscher gewesen wäre oder anschmiegsamer. Dummerweise hat sie sich das am Anfang aber nicht überlegt. Sie hat nicht geahnt, daß es mal so wichtig werden könnte. Vielleicht ist es aber auch gar nicht wichtig. Nur, was ist es dann? Vielleicht, daß sie sich anders hätte entwickeln müssen. Sie. Oder das Gemeinsame. Sie im Gemeinsamen.
»Du glaubst, du kannst mich verändern«, sagt Werner, »vergiß es.« Es zischt. Es zischt immer noch in Saskias Ohr. Nein natürlich, ihn nicht. Aber sich.

Das Wetter ändert sich ständig. In manchen Regionen sogar stündlich. Winde treiben Wolken vor sich her, und den Wolken macht das nichts aus, sie ändern ihre Form, ab und zu regnet es aus ihnen heraus, ab und zu verfangen sich zwei und sehen dann aus wie eine. Du bist das Wetter. Du bist eine Wolke.

Saskia macht die paar Schritte über den Flur. Die Tür ist aus Eisen und hat eine Plastikklinke. Saskia drückt mit dem Ellbogen auf die Klinke und lehnt sich mit der Schulter gegen das Türblatt. Das muß man so machen, die Tür ist schwer. Heute gibt sie trotzdem nicht nach. Saskia stellt die Kuchenpakete auf die Treppe und faßt mit beiden Händen an. Nichts passiert.
Im Stockwerk hat sie sich nicht getäuscht, Werner hat einen seiner Schriftzüge angebracht, »Merk dir, wie es hier aussieht«; Saskia klopft mit der Faust an die Tür. Es bleibt still.

Weil wir auf Saskias Seite sind, wollen wir nur das Beste für sie. Auch gegen ihren Willen. Irgendwann wird sie das einsehen; wir werden recht behalten: Es ist gut, daß Werner nicht da ist. Es wäre am besten, wenn Werner auf dem Weg zum Künstlerbedarf (dort befindet er sich nämlich, weil ihm das Hellblau ausgegangen ist) Sofia treffen würde, Sofia, die er in Wahrheit liebt, die aber inzwischen in New York ist oder in Amsterdam oder Dessau, weiß der Teufel. Obwohl es Anfang März ist, hat sie ein gebräuntes Dekolleté und die Arme voller Künstlerbedarf oder Lebensmitteln in braunen Papiertüten wie in New York. Oder sie sitzt im Café, weil sie gefestigt genug ist, am Nachmittag allein einen Kaffee zu trinken.
Werner und Sofia. Daraus könnten dann andere ein Lied machen.

Saskia sitzt auf der Treppe und weiß nicht, wohin mit sich. Sie steckt einen Fuß durch das eiserne Ornament des Geländers und bekommt ihn nicht wieder raus. Sie riecht am Einwickelpapier der Kuchenpakete. Sie streicht über die blasige Lackierung der Wischleiste.
»Mein Gott, Schätzchen«, wird er sagen, wenn er zurückkommt, »du darfst doch hier nicht auf den kalten Stufen sitzen.« Und dann wird er ihren Fuß befreien und ihr die Haare aus dem Gesicht streichen und die Tür aufschließen, »komm schnell rein«, und drinnen seine Hände unter ihren Hosenbund zwängen und ihre kalten Pobacken umfassen, »siehst du, so kalt«, und in ihr Ohr pusten und sie streicheln und küssen und alles gut sein lassen.

Denn die Liebe ist wie das Wetter. Tausende von kleinen Fliegen, die von einem gewaltigen Tief nach unten gedrückt werden. Du gehst da durch, und sie verfangen sich in deinen Haaren, kleben in deinen Augenwinkeln, jucken in deinen Kleidern. So lange, bis es regnet. Dann sind sie für ein Weilchen fort.

Bitte nicht.
Doch.
Mit Saskia ist einfach nichts mehr los. Sie bemüht sich.
Es ist nicht so, daß sie sich vorsätzlich blöd benimmt. Es tut ihr auch leid, daß wir uns für sie schämen müssen.
Sie wäre gern stark; sie hätte das gern alles nicht nötig.

Sie kann sich selbst nicht aushalten, aber irgendwas muß sie ja tun den lieben langen Tag. Also macht sie sich auf die Suche nach Werner. Vorher leiht sie sich beim Pförtner einen Stift und hinterläßt eine Nachricht auf den Kuchenpaketen.
Wenn es taut, kommt bald das erste Grün. Da sind schon Knospen zu sehen.
Für Saskia besteht weniger Hoffnung.

Werner sitzt im Café und guckt auf den Bierdeckel mit Sofias Telefonnummer in Sonstwo und ihrer E-Mail-Adresse. Wo sie heute nacht schläft, weiß er auch, aber das eilt nicht. Wenn etwas richtig ist, eilt es nicht. Nur wenn es falsch ist, versucht man, schnell das Gegenteil zu beweisen.
Saskia hetzt die Straße runter.
Es kann sein, daß er immer genau dort ist, wo sie gerade nicht hinguckt. Oder umgekehrt, daß sie genau dort hinguckt, wo er nicht ist. Oder er ist dort, wo sie hinguckt, aber zeitversetzt. Vielleicht ist er auch vollends verschwunden, wie soll Saskia das wissen?
Alles wird gut werden. Sie wird Werner finden; sie wird den Bierdeckel sehen; sie wird sehen, plötzlich und glasklar, daß aus ihr und Werner niemals ein Lied werden wird.
Wir haben keine Lust mehr auf Saskia. »Mach deine Arbeit«, sagt Werner, und wir schließen uns dem an. Wir sind fortan bei Werner im Café.

Saskia plumpst auf den Stuhl, auf dem eben noch Sofia saß. »Ich hab dich gesucht«, sagt sie außer Atem, »zum Glück bist du hier.«
Werner ist ganz müde und weich. Er legt seine Hand um den Bierdeckel und spürt die rundgeschnittenen Ecken. Er sieht Saskia, ihre irren Knopfaugen und das vom Wind gerötete Kinn.
»Das ist nichts mehr für dich, stimmt's?« sagt er. »Du liebes Kleines.«
»Doch!« sagt Sakia. »Doch. Bitte!«
Sie wird es niemals einsehen.
Hinter Werners Schläfen pocht es. Da ist zuviel Druck, auch im Hals und an den Rändern der unteren Rippenbögen.
»Nein«, sagt er, »nein nein.«
»Aber warum denn nicht?« Und wieder tropft es aus Saskias Augen; ihr Mund verzieht sich, ihre Schultern zucken.

Etwas kommt zu Werner zurück, Vater-Mutter-Kind, und er stemmt die Füße gegen den Kneipenboden, um es abzuwehren. Er will an Sofia denken, aber es riecht eklig vom Klo rüber, hinter der Schwingtür liegen aufgeweichte Papierhandtücher am Boden, und unter seinem Stuhl gibt es Pfützen und Rollsplitt. Er hat alles vergessen, worauf er sich je gefreut hat.
»Du weinst doch die ganze Zeit«, sagt er, »wie kannst du das wollen?«

»Weil halt«, schluchzt Saskia und krallt sich an der Tischkante fest.
Werner sieht Reste von Klebstoff an Saskias Fingerkuppen und hellblaue Farbe an seinen, und normalerweise würde ihm das reichen, um wieder Mut zu fassen und zum Beispiel zu sagen: »Laß uns gehen und unsere Arbeit machen«, weil das etwas ist, was er möchte. Aber er hat alles vergessen, was er möchte, und auch das, was er nicht möchte.
Deshalb sagt er: »Halt endlich die Fresse«, greift mit beiden Händen unter den Kneipentisch und wirft ihn um.
Wahrscheinlich kriegt Saskia die Tischkante auf den Fuß oder gegen's Schienbein, jedenfalls kriegt sie blaue Flecke; Sachen gehen kaputt, Sachen rollen herum; und Werner nimmt seinen Mantel und rennt nach draußen. Jetzt heult Werner, laut und stockend, weil er es nicht gewohnt ist, und uns wird unheimlich, weil wir es auch nicht gewohnt sind. Es war nicht schlecht, auf Saskias Seite zu sein.
Da sitzt sie und hält sich das Schienbein, aber sie wird es niemals einsehen.
Bitte.
Nein.
Draußen gehen Leute vorbei und weichen Werner aus.

Wenn es ums Wetter geht, kann sich niemand auf seine Wahrnehmung verlassen. Du wachst zum Beispiel morgens auf und bist dir sicher, daß schlechtes Wetter ist. Der Himmel sieht mehr als grau aus. Aber dann, im Lauf des Tages, wird offensichtlich, daß es sich um Hochnebel handelt, Hochnebel, der einfach so verfliegt. Und dahinter ist der Himmel strahlend blau.

All you can eat

Er hat dir die Stadt weggenommen, also was willst du noch hier.
Stell dich auf die Warschauer Brücke und spuck auf die Gleise zum Bahnhof Lichtenberg, wo er gerade in seinen Zug nach Budapest steigt, mit dem Schlafwagenschaffner, Freund aus der Heimat, ein paar entspannte Worte wechselt und dann rausfährt aus der Stadt, die ihm gehört, genau wie jeder weitere Halt, an dem Kontrolleure in grünen Kampfhosen die Tür zum Abteil aufzureißen versuchen, die die Frau auf der unteren Liege aber mit einem Fahrradschloß gesichert hat, slowakische Befehle brüllen, die er, dem das alles gehört, grinsend übersetzt, dann das Licht ausschaltet und sich die klebrige Reichsbahndecke wieder um die Hüfte wickelt, während in der Donauschleife langsam die Sonne aufgeht.
Spuck auf die Gleise und sieh rüber zu den Narva-Werken, die jetzt auch eine neue Aufgabe kriegen als Oberbaumcity: Wiesbadener Immobilienmakler beherbergen, warum solltest du weniger flexibel sein? Geh einfach nach Wiesbaden und verteil dort Handzettel für ein Steakhaus, in dem man essen darf, so viel man will.
Flexibel sein und wissen, wann das Spiel vorbei ist.

Du stehst auf der Brücke und starrst nach Osten. Friedrichshain, Lichtenberg. Du hättest gern was zu diesen Orten zu sagen, aber mach dir da nichts vor. Sie haben nichts mit dir zu tun. Dir gehört weder die bröckelnde Altbauwohnung in der Thaerstraße, noch der Sitzplatz in der S-Bahn nach Strausberg. Deine schäbige kleine Möchtegernfigur gehört in ein mit erbsgrünen Asbestplatten verkleidetes Zweifamilienhaus am Autobahnzubringer von Vaihingen. Für alles andere fehlt dir das Format.
Erinner dich, wie du hergekommen bist. Wie du dastandest vor den Brandmauern am Winterfeldtplatz, kaum Luft gekriegt hast die Karl-Marx-Allee hinunter, dir im Hotel Adria die Tränen kamen vor Überforderung. Und das hat nicht aufgehört, war die Jahre später noch schlimmer als zu Beginn. Deshalb hat er dir auch nichts weggenommen, wo du es ohnehin nie hast aushalten können. Er hat ganz einfach das, was er dir eine Zeitlang erträglich gemacht hat, von jetzt an wieder für sich.

Verschwinde am besten.
Wiesbaden. Oder Mainz?
Könnte allerdings schwierig werden, einen Bahnhof zu finden.
Lichtenberg fällt raus, mitsamt dem »Bistro auf der Galerie«, links neben dem Pferdewandbild.
Warum hast du eigentlich immer so häßliche Mützen auf?, wollte er wissen, als ihr da zum ersten Mal drinsaßt.

Du hast keine Antwort gegeben, obwohl es eine gab. Diese Mütze hier, beigewollenes Baskenmodell, war ein Beitrag zur Zeitlosigkeit eurer Reise. Sinnloses Unterfangen, die Bedienung trug mintfarbene Gymnastikhosen, überhaupt war alles viel zu bunt im Bahnhof, aber er kannte den Trick: daß man nur abzuwarten braucht, spätestens in Bratislava stimmen die Farben wieder.
Nur kommst du ohne ihn nicht bis Bratislava, weil du ohne ihn dort nichts zu suchen hast. Und wenn du drei Mützen übereinanderziehst, sie werden dich immer noch erkennen und nach Hause schicken zu deinen Niederflurbahnen und ISDN-Anschlüssen. Laß also die Mützen weg und laß den Bahnhof Lichtenberg auch weg.
Geh nach Hause und pack deine Sachen, aber nimm nicht die Fußgängerbrücke zur Storkower Straße, sonst siehst du unter dir im Sonntagnachmittagslicht die unkrautbewachsenen Dächer der Schlachthofgebäude, und dann fällt dir ein, wie er aus der Innentasche seiner Schlachterlederjacke den Tabak holt und sich eine Schlachterzigarette dreht, obwohl es zieht da oben und ihm drei Finger fehlen an der linken Hand.
Du bekommst aber jetzt keine von ihm gedrehte Zigarette mehr in den Mund gesteckt, und sein Lederjackenarm liegt auch nicht mehr neben deinem auf dem Geländer, und deshalb kannst du auch nichts mehr anfangen mit den jungen Birken auf den verrosteten Verladerampen.
Nimm dir ein Taxi.

Du nimmst die Straßenbahn.
Da steigen welche ein, die wahrscheinlich aus Rumänien kommen und deren Anoraks merkwürdig vergilbt sind. Zwei haben Pockennarben auf den Backen, der dritte ist viel jünger und wird von den andern beiden als Zukunft gehandelt. Sie setzen sich zu dir auf den Vierersitz.
Der Kleine muß sein Bein gegen deins pressen, die Großen führen Aufsicht. Sie sind alle drei wunderschön und wären eine echte Alternative auf dem Weg zum Schwarzen Meer, aber du kennst sie nicht und mußt nach Wiesbaden. Oder Mainz?
Als erstes mußt du deine Sachen packen und zum Flughafen.
Mit dem Taxi nach Tegel, mit der Lufthansa nach Frankfurt. Von Frankfurt aus mit der mintfarben gepolsterten S-Bahn nach Wiesbaden, ohne Mütze, mit Briefumschlag fürs Einwohnermeldeamt. Darin kleinlaut: Bin zurück. Melde mich zurück. Habe genug gesehen. Laßt mich Zettel verteilen vor H&M in der Fußgängerzone.

Nein, Vorsicht. Tegel ist schlecht.
Da legt er dir nach zehn Tagen London die Hand um den Nacken, fast beiläufig, während er mit der andern den Riemen seiner Tasche ein Stück die Schulter raufschiebt, beiläufig, den Blick nach vorn, aber du merkst, daß sich seine gesamte Aufmerksamkeit in der Hand an deinem Hals befindet, und dir bleibt nichts übrig, als Liebe und Demut

zu spüren gegenüber dieser Hand, ihrem trockenen, konzentrierten Griff.
Du glaubst also nicht im Ernst, daß du ohne weiteres an den braunlackierten Heizkörpern vorbeikommst, an denen doch bestimmt die gleichen Leute wie damals lehnen und warten, daß auch für sie ein solcher Griff aus London landet.
Du hast dich ziemlich verfranst.
Mußt sehen, daß du noch einen Ausgang findest.

Du steigst am Bersarinplatz aus der Straßenbahn.
Spar hat noch offen. Drinnen füllen die Verkäuferinnen zu Radiomusik die Regale auf. Paß auf, was du kaufst. Weingummi für den Weg nach Wiesbaden. Die Kassiererin singt mit und würdigt dich keines Blickes.

Laß deine Sachen zurück und nimm das Fahrrad. In vier, fünf Tagen kannst du in Wiesbaden sein: mit dem Fahrrad die Dimitroffstraße entlang und nicht nach rechts und links sehen. Du gehst zum Hof und machst es los. Unter den Reifen wechselt neuer Asphalt mit Flecken krummer Pflastersteine. Die von rechts kommen, haben Vorfahrt.
Die Luft riecht nach Braunkohle. Jeden Morgen mit dem Kohleneimer in den vierten Stock, und dazu Frauen mit Lycrastrümpfen und Slipeinlagen in silbernen Mercedessen, die links überholen. Was die wohl riechen?
Streck den Daumen raus, vielleicht hält eine an und wartet,

bis du dein Fahrrad am nächsten Kellergitter angeschlossen hast. Ein SL 500, und du darfst dich neben sie in den weichen Nappasitz schmiegen.
Innen riecht man's wirklich nicht.
Im blaugetönten Seitenspiegel verschwinden die Fassaden der Prenzlauer Promenade, und du hast es vielleicht gleich geschafft: rauf auf die B109, immer geradeaus bis Rostock und dann nach Schweden übersetzen.
Guck einfach nicht raus, konzentrier dich auf ihre makellosen Hände am Lenkrad oder die digitale Senderanzeige an ihrem Autoradio, dann fallen dir auch die schmalen, sandigen Wege, die neben der Bundesstraße durch den Kiefernwald führen, gar nicht auf. Welche natürlich ihm gehören, besser: euren Fahrrädern auf dem Weg zum See. Darauf du, den Rock zwischen den Knien geknotet, damit er nicht in die Speichen gerät, und er, mit dem Fuß in Sandale gegen das Schutzblech tretend, damit es nicht schleift.
So ein Mercedes ist wahrscheinlich der beste Schutz gegen das unwahrscheinlich erregende Gefühl beim Eintauchen ins Wasser, wenn rundherum die Bäume scharf und plastisch vorm wolkenlosen Augusthimmel stehen und er zudem keine Badehose besitzt. Ob sie ihn sich deshalb gekauft hat? Mit hundertzwanzig dran vorbei und sitzenbleiben bis Schweden?
Es hält aber keine.

Also weiter bis zum Friedrichshain, rauf auf den Berg und stop. Tief durchatmen. Um dich herum welkes Laub und kahle Büsche. Das ist der Bunkerberg.
Wenn doch nur mal wieder Krieg wäre mit Bomben, die das hier ratzfatz wegknallen würden. Dann könntest du dir Strickjacke und Gummistiefel anziehen und anfangen aufzuräumen.

Frosties

Der Multivan verschandelt das Haus. Wenn der Wind die Oleanderblüten gegen das heiße Blech weht, bleiben sie kleben und werden schlaff und unansehnlich. Der Fahrradständer an der Hecktür sieht aus wie eine orthopädische Gehhilfe. Ich will dieses Auto nicht haben. Wenn ich aus der Tür trete, das Kaffeetablett in der Hand, auf dem Weg in den Garten, wo meine Frau im Liegestuhl liegt und Gioconda Belli liest, kneife ich die Augen zusammen, um das Auto nicht sehen zu müssen. Es anzuschaffen war der letzte und teuerste meiner Fehler, denke ich, bis ich das Kaffeetablett auf der staubigen Wiese abstelle und meine Frau mir mit dem nackten Fuß gegen die Schulter stößt. Aus Versehen, sagt sie.

Ich denke über Sachen nach, über die ich zu Hause nie nachdenke. Wahrscheinlich liegt es daran, daß wir hier nicht hingehören, obwohl es viele gibt von unserer Sorte. Die Leute, die die Wohnung unter uns gemietet haben, fahren einen Renault Espace.
Ich denke, daß ich meine Frau lieber angezogen sehe. Ich denke, daß die Kinder nicht jeden Morgen Frosties essen müssen, mit vier Löffeln Zucker in der Milch. Ich finde

meine Füße in Sandalen abstoßend. Ich fürchte, daß die Zikaden meinen Herzschlag unter Kontrolle bekommen. Daß der Wein alle ist, bevor ich neuen kaufen kann.

Milena wirft die Boulekugeln der Nachbarn ins Planschbecken. Ich sehe das und sage nichts dazu. Es sind teure Boulekugeln, aber sie haben sie liegenlassen. Nicht die Esslinger mit dem Renault Espace, die andern mit dem hellblauen 2 CV, dessen Lack so ausgetrocknet ist, daß die Oleanderblüten nicht klebenbleiben würden, abgesehen davon, daß sie sowieso nicht vor dem Haus parken können, weil dort unsere Familienkutschen stehen.
Ich gehe in die Küche zurück und mache eine neue Flasche auf. Hier in der Gegend verkaufen sie guten Wein, auch ökologischen, aber meiner kommt aus dem Supermarkt in Pozzuolo. Ich weiß nicht, wie er in italienischen Ohren klingt, aber ich fühle mich von diesem Namen verspottet. Und vom Supermarkt auch. Das Dorf selbst ist schön. Ich sehe mich vor der Bar auf der Straße sitzen, direkt unter dem Schild mit dem roten Telefonhörer, in staubigen Gummisandalen und langärmeligem Hemd, aber der Weg ist zu weit, um ihn in der Hitze zu Fuß zu gehen. Leo kommt die Treppe rauf. Ich höre das, weil er der einzige in der Familie ist, der die Stufen noch nicht mit wechselnden Füßen nehmen kann. Er ist trotzdem ein Angeber und schmeißt Kassettenhüllen durchs Auto, wenn Milena ihn auf dem Rücksitz im Magnethalma besiegt.

»Kann ich Frosties?« fragt er, und ich sage, daß Frosties Frühstücksessen sind und teuer. Ich weiß nicht, warum es mir nicht einfach egal ist. Warum ich mich nicht in einen Liegestuhl setze und die vertrockneten Sonnenblumen anschaue. Dafür bin ich doch hergefahren.

»Helmut?« Meine Frau ruft. Es ist halb vier, Ende der Gartenzeit, Zeit, zum See zu fahren.
»Helmut?!« Ich mag es nicht, wenn alle merken, daß wir zu lange verheiratet sind. Ich weiß, daß das Blödsinn ist, daß man unsere Jahre sowieso an Milena und dem Multivan ablesen kann. Trotzdem.
»Wo ist der Autoschlüssel?« Sie hat den Schlüssel zuletzt gehabt und muß sich selbst erinnern, wo sie ihn hingelegt hat. Ich bleibe sitzen.
Sie steht in der Küchentür und ist wütend. Den Schlüssel hält sie in der Hand.
»Wir fahren jetzt«, sagt sie und fixiert mich, um mir keine Chance zu lassen. Ich nicke und trinke das Weinglas aus, damit sie es sieht. Dann stehe ich umständlich auf. Im Treppenhaus springt mir Leo ans Bein. Er merkt nie, wann er sich lieber zurückhalten sollte.

Ich wate in den See und lasse Susanne allein die Kinder umziehen, Schwimmflügel aufblasen und Drohungen ausstoßen. Der See ist flach, das Wasser wannenwarm und trüb. Nach hundert Metern reicht es mir endlich bis zum

Bauch, und ich pinkle ins Wasser. Das gegenüberliegende Ufer liegt in weichem Dunst, das Touristenboot, mit dem Leo unbedingt fahren will und auf das ich mich wegen der Abzockerei nicht hinauftraue, zieht brummend vorbei. Ich laufe weiter, langsam wird das Wasser kälter, ich bekomme endlich Lust einzutauchen. Nachdem ich den Kopf unter Wasser hatte, ist mir wohler. Ich drehe mich auf den Rücken und schließe die Augen.

Susanne hat die Träger von ihrem Badeanzug zur Seite geschoben und liest Isabel Allende. Ich übe mit Leo freihändig Flugzeug fliegen. Milena hat die Esslinger Mädchen aufgestöbert und ist mit ihnen ins Wasser gegangen. Ich mag Leos Kinderhaut unter meinen Fußsohlen, aber als er mir zum zweiten Mal auf die Hoden plumpst, schüttle ich ihn ab und setze mich auf die Bank an der Promenade.

Der Esslinger Nachbar kommt und setzt sich neben mich.

»Das ist schon herrlich hier«, sagt er und zeigt aufs Wasser.

»Ja«, sage ich.

»Die Mädchen verstehen sich«, sagt er. »Das hatten wir gehofft, daß Nachbarn mit Gleichaltrigen da sind.«

»Ja«, sage ich, »das ist gut.« Ich sehe ihn nicht an. Er meint, mich zu mögen, weil ich auch eine Frau und zwei Kinder habe. Er meint, daß wir deshalb gleich sind, und er hat recht. Er hat den Renault Espace gekauft und ich den Multivan.

»Wo haben Sie das Planschbecken her?« frage ich. »Mein Sohn will auch eines haben.«

»Er kann doch in unserem baden«, sagt er und legt den Arm um die Banklehne.
»Sicher«, sage ich, »aber er will sein eigenes.« Ich sehe auf Milena, die sich im Wasser den Badeanzug auszieht. »Damit es weiberfrei ist.«
Der Nachbar lacht. »Na, das ist ein Kerl«, sagt er. Wo er das Planschbecken nun gekauft hat, sagt er nicht. Ich frage nicht weiter.
»Ich finde, wir sollten mal zusammen essen«, sagt er. »Was Italienisches. Und Melone zum Nachtisch.« Er erinnert mich an Leo.
Auf dem Heimweg erzählt mir Susanne alles über die Esslinger Frau.
»Warum interessiert sie dich so?« frage ich.
»Was heißt interessiert? Das klingt, als ob ich was Böses vorhätte. Ich lerne sie kennen.« Sie reibt an ihrem nackten Schienbein, das anfängt zu schuppen. »Wir müssen Bodylotion kaufen«, sagt sie. »Und Melone. Ich hab gesagt, wir bringen Melone mit.«

Dann ist es soweit, wir gehören zusammen. Susanne sitzt mit Birgit in der Hollywoodschaukel und redet, Günther hat die Kugeln aus dem Wasser geholt und spielt mit Leo Boule. Die Mädchen stehen dabei und jubeln, wenn Leo Günthers Kugel trifft.
»Au«, sagt Günther, und zu mir: »Dein Sohn ist ein verdammt guter Boulespieler.«

Die beiden, denen das Spiel gehört, sind heute morgen mit ihrem klapprigen Auto weggefahren. Nach Florenz, nehme ich an, oder Siena. Er hat seinen Tabak auf der Steinbank liegenlassen. Gegrüßt hat nur sie.

In der Abendsonne leuchtet das Haus rosa. Eine schlanke Taube landet auf dem Stromkabel und sieht zu mir hinunter auf den Liegestuhl. Früher meinte ich, selber so ein Haus haben zu wollen. Billig kaufen, liebevoll herrichten, und dann einziehen oder mit Freunden zum Urlaub herkommen. Ich bin froh, daß es alle anderen gemacht haben, bevor ich genug Geld verdient hatte. Inzwischen sind andere Orte schick. Ich habe aufgehört, mich ernsthaft dafür zu interessieren.
Es gehört keine Mülltonne zum Haus, und deshalb fragt mich Günther, ob wir zusammen den Müll nach Pozzuolo bringen. Mir fällt keine Ausrede ein, aber wir fahren mit seinem Auto. Wahrscheinlich will er mir so gern seinen Wagen und seinen Fahrstil vorführen, daß ihm der Müll in seinem Kofferraum egal ist. Unserer zumindest tropft.
»Fiat hat jetzt das Dreiliterauto gebaut. Steuerfrei bis zweitausendfünf.« Er schneidet die Kurven. »Wäre aber maximal ein Zweitauto. Punto, weißt du?« Ich halte mich am Gurt fest. »Freie Wahl zwischen Automatik und Schaltung. Bist du schon mal Automatik gefahren?« Ich nicke. Günther nickt auch. Hinter der Kuppe kommt uns der 2 CV entgegen. Günther reißt das Steuer herum, bremst aber nicht. Der

Wagen kommt kurz von der Straße ab, rechts knirscht Schotter unter den Rädern.
»Sind die auch wieder da«, sagt Günther. »Lustiges Auto. Leider reine Imagepflege.«
In Pozzuolo stopfen wir den Müll in den Container neben der Kirche. Ich kann mir nicht vorstellen, daß das legal ist, ich glaube, man muß Müllsäcke bei der Gemeindeverwaltung kaufen. Aber wir sind mit Günthers Auto da, also ist es auch Günthers Müll. Vor der Bar sitzt ein alter Mann in Stoffturnschuhen und raucht. Ich habe Lust, auch wieder anzufangen. Eigentlich könnten Günther und ich jetzt noch was trinken gehen. Aber für Kaffee ist es zu spät, und wie man in einer Bar Wein bestellt, weiß ich nicht. Uno vino perfavore? Günther weiß es garantiert auch nicht, er hat Bier aus Deutschland mitgebracht. Als wir wieder am Haus sind, ist es fast dunkel.
»Halt!« rufe ich, als Günther einschlägt, um hinter dem Oleander zu parken. Dort steht jetzt der hellblaue 2 CV.
»Ach«, sagt Günther. Er legt den Rückwärtsgang ein.
»Da neben der Straße«, sage ich. »Da standen sie bisher.«
»Na gut«, sagt Günther.
Milena ist schon im Bett und liest, deshalb weiß Leo nicht, was er machen soll. Er schießt im Garten mit seinem Plastikbogen Plastikpfeile ab, obwohl er kaum noch was sieht. Es ist mir unangenehm, zu beobachten, wie er täppisch hin- und herläuft und ins Nichts zielt. Er tut mir leid, und

wenn Leo mir leid tut, tue ich mir im nächsten Moment selbst so furchtbar leid, daß mir nichts anderes übrigbleibt, als mir einzureden, daß er nicht mein Sohn ist. Ich lasse ihn Günthers Sohn sein und fliehe ins Bad.

Über Nacht ist der See umgekippt. Am Ufer liegt hellbrauner Schaum, und auf der Wasseroberfläche schwimmen die winzigen Fischlarven, die bisher im seichten Wasser vor meinen Füßen davonflitzten. Ich wate eine Weile parallel zum Ufer, um mich zu entscheiden, ob ich trotzdem schwimmen will. In der nach vorne offenen Baracke der Gelateria spielen zwei Jungs Tischfußball. Ich würde Günther herausfordern, aber ich glaube, er kann nicht verlieren. Wenn wir nicht mehr baden können, brauchen wir auch nicht mehr herzufahren. Ich gehe zurück zur Promenade und spüle mir unter der Freiluftdusche die Waden ab. Milena kommt mir entgegen, sie ekelt sich auch.
»Was ist das, Papa?« fragt sie und zieht an ihrem Badeanzug.
»Keine Ahnung. Spülmittel wahrscheinlich.«
Ich glaube nicht, daß es Spaß macht, heutzutage Kind zu sein. Aber wahrscheinlich denke ich das nur, weil ich ein schlechter Vater bin und selbst schuld habe. Ich will sie nicht beruhigen.
»Leo geht rein«, meint sie.
»Ist doch egal«, sage ich. »Muß er sich eben hinterher duschen.«

Die anderen Nachbarn haben Besuch bekommen. Zu sechst sitzen sie um den Gartentisch, rauchen und trinken Wein. Ich höre die Frau lachen und sehe, wie sie barfuß ins Haus läuft. Birgit kommt und fragt, ob wir bei uns in der Küche essen können.
»Die Wohnung von denen ist eigentlich nur für vier Leute gedacht«, sagt sie. »Auf dem Grundstück wird's sonst auch zu eng.« Sie gießt ohne zu fragen unseren Basilikumbusch. Ich weiß nicht, was Susanne an ihr findet.

Die Zikaden hören auch nachts nicht auf zu kreischen. Es ist warm im Zimmer, und Susanne schläft schon. Man kann die Tür nicht leise aufmachen, sie hat einen Riegel statt der Klinke. Ich lasse sie offenstehen, als ich nach draußen gehe. In der winzigen Windschutzscheibe des 2 CV spiegelt sich der Mond. Der Gartentisch ist leer, aber auf der Hollywoodschaukel sitzen zwei Menschen. Ich schlage den Weg zum Schuppen ein und sehe aus sicherer Entfernung hinüber. Sie hat ihr nacktes Bein über die Seitenlehne der Schaukel gelegt, und in ihrem Schoß liegt der kurzgeschorene Kopf ihres Freundes mit dem Gesicht nach unten. Die anderen sind fort, wahrscheinlich haben die zwei ihnen die Betten überlassen. Wind kommt auf, ich will zurück ins Haus und stolpere über den Gartenschlauch. Er schlängelt sich durch das trockene Gras bis zum Planschbecken, ich höre die beiden lachen, das Quietschen der Hollywoodschaukel, und dann sehe ich etwas im Planschbecken liegen. Es ist

ein dunkler Haufen, aus dem zwei helle Gliedmaßen ragen, matt leuchtend wie die Schenkel der Nachbarin, aber mit kleinen Klettverschlußsandalen, die hilflos zueinandergedreht gegen den hitzeschlaffen Beckenrand stoßen. Ich versuche, meinen Fuß aus der Gartenschlauchschlinge zu befreien und zurück ins Haus zu kommen.
»Mach das Licht aus«, knurrt Susanne und tritt ihre Decke weg. Ich lausche nach draußen. Die Zikaden sind still, nur der Wind rauscht in den Eschen. Dann setzt die erste wieder an, die anderen stimmen ein, und es ist der gleiche Krach wie vorher, wie immer, seit wir hier sind.

Die Nachbarin kommt mir mit zerdrücktem Kleid und zerzausten Haaren entgegen.
»Guten Morgen«, sagt sie. Auf der Schaukel liegt, langgestreckt und mit offenem Mund, ihr Freund. Über den Schotterplatz macht sie kleine schnelle Schritte, am Auto dreht sie sich nach mir um.
Fahr schon, denke ich. Sie lächelt und steigt ein. Bestimmt fährt sie zum Bäcker. Ich stelle das Tablett mit Milch und Frosties auf den Gartentisch und pule Wachs von der Platte. Im Supermarkt von Pozzuolo habe ich ein Monopolyspiel gesehen, runtergesetzt auf 34000 Lire. Es könnte Spaß machen, das mit Günther und Birgit zu spielen und dabei eine sinnlose Diskussion über verlorene Ideale anzufangen. Der Freund in der Hollywoodschaukel räkelt sich, ich stehe auf, um nicht grüßen zu müssen.

»Helmut!« ruft Susanne aus der Küche. Ich habe ihr nicht erzählt, was ich heute nacht geträumt habe.
Unsere Fahrräder lehnen unbenutzt am Backhäuschen. Als wir ankamen, habe ich Leo gedroht, daß dort auch kleine Kinder geröstet werden. Seitdem macht er tatsächlich einen Bogen darum. Warum wir die Fahrräder mitgenommen haben, weiß ich nicht. Um den Ständer am Auto zu benutzen.
»Helmut!« Der Kaffee ist fertig. Die Kinder kommen in Schlafanzügen aus dem Haus. Wenn ich der Nachbarin noch mal allein begegne, werde ich ihr sagen, was ich von ihren Schenkeln und der arroganten Art ihrer Freunde halte. Meine Frau schenkt mir Kaffee ein. Leo steigt auf meinen Schoß, ich spreize die Beine, um ihn durchfallen zu lassen, und er lacht. Milena nähert sich vorsichtig der Hollywoodschaukel, an der ihr Schlampermäppchen baumelt.
»Na?« sagt der Freund mit morgenrauher Stimme. Sie grinst verlegen, dreht sich nach mir um und zieht ihre Schlafanzughose bis unter die Achseln.
»Geh ruhig hin«, sage ich. »Der tut nichts.«
Auf dem Weg zum Haus kicke ich alle acht Boulekugeln nach hinten in den Oleander.

Ja

Thomas wird wach, weil die Waschmaschine anfängt zu schleudern. Sein Nacken schmerzt von Sonjas unbequemem Sofa, es ist immer noch nicht richtig hell, obwohl es längst Mittag sein muß. Den Vormittag haben Sonja und er damit verbracht, nebeneinander auf dem Sofa zu sitzen und in den grauen Himmel zu starren.

»Hast du gehört?« war das letzte, was Thomas gehört hat. Sonjas Stimme wird schrill, wenn er nicht mehr antwortet, aber wach hält ihn das nicht. Jetzt ist er allein im Zimmer, Sonja muß draußen bei der Waschmaschine sein. Thomas steht auf und tritt ans Fenster.

Seit Wochen versucht er, sich das Rauchen abzugewöhnen, aber in solchen Momenten zündet er sich wieder eine an. Er weiß nicht, was ihn hier hält, weiß nur, daß Sonja es nicht ist, und schon gar nicht die Liebe, die sie zwischen ihnen vermutet. Dann schon eher der Widerwille, der in ihm aufsteigt, wenn sie zurück ins Zimmer kommt, ihn mit ihren hoffnungsvollen Augen anschaut und mit munterer Stimme einen Vorschlag macht. Das macht ihn vollends bewegungsunfähig.

Seit Wochen geht das so, seit Wochen war Thomas nicht mehr zu Hause, obwohl er nur wenige Straßenbahnhalte-

stellen entfernt seine eigene Wohnung hat. Immer früher fängt Sonja auf dem Sofa an zu weinen, dann reicht Thomas ihr ein Taschentuch und bittet um Verzeihung.
»Es tut mir leid.«
»Was tut dir leid?«
»Daß du unglücklich bist.«
Es tut ihm wirklich leid. Sie kann nichts dafür, daß er mit ihr nicht glücklich ist, sie ist in Ordnung. Hübsch, wenn man sie genau betrachtet. Klug, wenn es nicht gerade um ihn geht. Wenn sie nicht ständig an ihm dranhängen würde, könnte sie tagsüber Geld verdienen und am Feierabend ein bißchen Spaß haben. Er wäre dankbar dafür. Er braucht Sonja, aber es wäre ihm recht, sie nie wiederzusehen. Vor nichts hat er größere Angst, als daß sie ihn verlassen könnte, Sonja, das muntere kleine Flittchen, die Nervensäge. *Wer überwindet, der wird alles ererben*. Vielleicht schneit es bald.

Sonja hängt wohl gerade die Wäsche auf, ihm selbst fällt schon lange nichts mehr ein, was er tun könnte. Es ist, als verlerne man eine Sprache: man kommt nicht mehr darauf, wie die Dinge heißen. Mit ihren Namen verlieren sie ihre Funktion, ihre Beziehung zum Menschen, also vergißt man als nächstes alle Tätigkeitswörter und daraufhin die Verbindung zwischen einer Tätigkeit und ihrem Zweck, falls es die je gab. Man sieht sich um, erkennt nichts wieder, also sieht man irgendwann ins Nichts, weil nichts, was man

sieht, einen zu irgendwas veranlassen könnte. Zum Glück kommt Sonja mit dem Wäscheständer ins Wohnzimmer. Sie dreht die Heizung auf und stellt sich neben ihn ans Fenster.
»Küß mich«, sagt sie und nimmt Thomas' Arm.
Er zieht den Arm weg und schüttelt den Kopf.
»Warum nicht?« fragt Sonja.
»Weil eben.« Thomas grinst. Wie kindisch das klingt. Gut.
Sonja starrt in sein Grinsen und fängt an zu weinen.
Thomas erinnert sich an ein paar Sachen, legt den Arm um sie und entschuldigt sich.
»Tut mir leid.« Ein Kind, das traurig ist, weint. Ein Kind, das traurig ist, muß getröstet werden. Er könnte ihr einen Apfel schälen.
Thomas geht in die Küche. Einmal angefangen, schält er alle Äpfel, die im Obstkorb liegen, schneidet sie klein und stellt sie in einem Topf mit Wasser auf den Herd. Es fehlt Zimt. Thomas geht los, um Zimt zu kaufen.

Während er im Supermarkt seinen Wagen durch die Gänge schiebt, fließen die Gedanken wieder schneller. Er sieht Lebensmittel und bekommt Appetit. Aus den Lautsprechern ist Musik zu hören, und um ihn herum sind Menschen, die das gleiche tun wie er, einkaufen, weitergehen. Als Kind, denkt Thomas, fällt einem die Hoffnungslosigkeit noch nicht so auf. Die Tage vergehen mit Lernen und Entdecken, und man weiß ungefähr, wo man hingehört. Die Straße, die Schule, die Eltern. Das geht nicht ewig so.

Vor dem Kühlregal steht der Pfarrer. Thomas grüßt, der Pfarrer läßt den Becher mit Crème fraîche fallen, Thomas sieht zur Seite. Es fällt schwer, so etwas nicht als Zeichen zu sehen. Er weiß, daß er mit Macht gesegnet ist, und er weiß, daß dieser Pfarrer seine Schafe nicht ordentlich hütet.
»A Dieu«, hat er letzten Sonntag zu seinen Gemeindemitgliedern gesagt, und jedem am Portal einzeln die Hand geschüttelt. Zu mehr ist er nicht in der Lage, und das, wo kaum jemand in der Stadt Französisch versteht. Thomas bezahlt seine Einkäufe. Es ist nicht seine Sache, was der Pfarrer mit dem Zeichen anzufangen weiß; er selbst nimmt es als Warnung. *Denn wer da hat, dem wird gegeben werden; wer aber nicht hat, dem wird auch das, was er hat, genommen werden.* Thomas geht zurück zu Sonja und deckt den Abendbrottisch.
»Das ist doch schön, wie wir zusammen essen«, sagt er.
Sonja nickt und schweigt.
»Wir sollten Gott danken.«
Sonja nickt.
»Herr«, sagt Thomas, »im Namen deines Sohnes Jesus Christus danken wir dir dafür, daß wir so gut zu essen haben und beisammen sind. Amen.«
»Amen«, sagt Sonja.
Thomas ißt. Das Schweigen ist beseelt, das Brot macht satt. Sonja sieht hübsch aus, wie sie so still auf die Tischplatte schaut und nur ihr Mund sich beim Kauen bewegt. In diesen Momenten ist es leicht, sie in die Liebe und den Frieden

einzuschließen, die er empfindet. Und das ist es doch, was sie unbedingt von ihm will – »Liebe«. Als hätte sie nicht mehr als genug davon: diese ganzen Leute, die anrufen und mit ihr sprechen wollen. Sie bekommt ihr eifriges Gesicht, lacht und plappert in den Telefonhörer hinein, aber wenn sie aufgelegt hat, muß sie ihm alles weitererzählen, kuscheln und schmusen. Sie kann nicht genug bekommen, dabei liebt sie nicht ihn, sondern nur die Macht ihrer eigenen Gefühle. Sie kann Thomas nichts vormachen, so war es bisher mit allen Frauen, die behauptet haben, ihn zu lieben. Sie haben ihn daran gehindert, das zu empfangen, was er wirklich braucht, haben ihn statt dessen hineingezogen in den Bann aus Sünde und Vergeblichkeit. Was dabei herauskommt, zeigt sich jetzt. Er gibt Sonja, was Gott ihm erlaubt zu geben. Es ist eine einfache Gleichung.
Der Heringssalat ist fettig, im Apfelkompott finden sich schartige Stückchen. Thomas schiebt den Teller weg, lehnt sich zurück und schließt die Augen. Nichts von dem, was menschlich ist, hält lange an. Eben noch hatte er Appetit, jetzt ist ihm schlecht, weil er zuviel gegessen hat. Eben noch hat er Dankbarkeit für den schönen Abend empfunden, jetzt stößt ihn nichts so ab wie die Aussicht, wieder auf dem Sofa zu sitzen und danach im Bett zu liegen, Seite an Seite mit Sonja, die darauf warten wird, daß er sich ihrem Körper zuwendet. Es muß aufhören. Es ist schlecht.
»Sonja?«

Sie läßt die Hände ins Spülwasser sinken, dreht sich nach ihm um.
»Ich gehe«, sagt er.
Panik erscheint auf ihrem Gesicht, knautscht es regelrecht zusammen. Thomas steht auf und geht in den Flur. Sonja folgt ihm, die Hände noch in den Spülhandschuhen, und sieht zu, wie er seine Jacke anzieht.
»Wohin denn?« fragt sie.
»Zu mir.«
Sonja nickt, hört aber nicht auf, ihn anzustarren.
»Es hat doch keinen Zweck«, sagt Thomas und wendet sich ab.
Er nimmt seine Tasche, geht ins Bad, steckt Zahnbürste und Rasierschaum ein. Er zögert kurz, überlegt, holt eine Plastiktüte aus der Küche und packt seine nasse Wäsche hinein. Sonja steht reglos im Flur. Thomas hängt den Wohnungsschlüssel ans Schlüsselbrett.
»Dein Schlüssel – «, sagt Sonja.
»Laß gut sein. Gib ihn einem anderen.«
Sonja fängt an zu weinen. »Warum machst du das?«
»Weil es richtig ist.«
Sonja weint und nickt.

Draußen ist es kalt, die Luft schmeckt gut. Thomas geht zu Fuß zu seiner Wohnung, durch die Stadt, fort von Sonja. Es gibt keinen konkreten Anhaltspunkt, aber ganz plötzlich tritt er aus ihrem Bannkreis hinaus und ist schlagartig ein-

sam. Sie waren nie zusammen bei ihm, nicht mal in seinem Viertel, die Stadt ist ihm dort fremd, er muß sich erinnern, was sie ihm selbst bedeutet. Es gelingt ihm nicht.
Er macht kein Licht in der Wohnung, riecht den Staub, schafft es nicht, ein Fenster zu öffnen. Er setzt sich auf sein Bett und betet.
»Bitte, Herr, nimm mich an. Laß mich nicht allein in der Fremde. Zeig mir den Weg, bring mich ans Licht. Vergib mir. Bitte, vergib mir.«
Lange spricht er so ins Dunkel, dann wird ihm besser. Er kriecht unter die klamme, unbezogene Daunendecke und versucht zu schlafen.

Er wacht früh auf, öffnet die Fenster und sieht zu, wie der Tag dunstig und rosa hinter den gegenüberliegenden Dächern beginnt. Wie leicht er plötzlich ist, voller Tatendrang. Es ist Zeit, loszugehen und zu arbeiten. Was er arbeiten könnte, weiß er nicht, aber es wird sich schon finden. Es gibt einen Plan, der nicht der seine ist. Es gibt den, der ihn heute so früh und mühelos hat aufstehen lassen.
In der Bäckerei sind alle Stehtische besetzt, Männer in Arbeitsanzügen und Latzhosen frühstücken und lesen die Zeitung. Die Verkäuferin wendet sich Thomas zu, lächelt und reicht ihm einen Steingutbecher mit Kaffee. Thomas bleibt an der Schmalseite der Verkaufsvitrine stehen, trinkt und beobachtet sie. Sie merkt es, ohne ihn noch mal anzu-

schauen, ihr Kittel liegt glatt über ihren Hüften, sie neckt, das weiß er, sie will angefaßt werden, am liebsten gleich hier unter den Augen der anderen Männer. Das wollen sie alle, Thomas kann sie schon spüren unter seinen Händen, die Hüften, die Schenkel. Er dreht sich weg, packt seinen Becher und sieht in eine andere Richtung.

Ursula betritt den Laden. Sie trägt einen Beutel und die große, kunstlederne Handtasche, aus der sie vor zwei Jahren eine Bibel gezogen und Thomas in die Hand gedrückt hat. »Lies das Wort Gottes«, hat sie gesagt und ihm in die Augen gesehen, gütig, gerade. Seit Ewigkeiten hat Thomas sie nicht mehr getroffen, war auch froh darüber, schließlich hat er all die Grundsätze, zu denen er sich damals bekannt hat, inzwischen wieder verraten. Sie erkennt ihn sofort, tritt auf ihn zu und reicht ihm ihre kleine feste Hand.

»Wie geht es dir«, sagt sie, es ist keine Frage, es ist eine Eröffnung. Ihr Gesicht leuchtet.

Thomas hat keine Zeit und plötzlich auch kein Bedürfnis mehr, wegzusehen, sich zu verstecken. Er fürchtet sich nicht mehr.

»Gut«, sagt er.

Ursula läßt seinen Blick nicht los.

»Ich weiß jetzt, warum der Herr mich heute morgen so früh hat aufwachen lassen«, sagt Thomas.

Ursula nickt und lächelt.

»Sechs Doppelte«, sagt sie zur Verkäuferin. »Und ein Roggenmischbrot.«

Jede Mission ist mit Essen verbunden. Er hat auch dreimal täglich bei Sonja gegessen, hat den Marmorkuchen und die Vierfruchttorte im Kirchencafé angenommen, ebenso die Genmai-Suppe der Zen-Buddhisten. Selbst in der Psychiatrie gab es Kekse und Limonade zu den Gruppengesprächen. Essen lockt, Essen lockert, Essen verbindet. Aber Essen allein hält nicht vor, das weiß er inzwischen. Es ist Ursulas Leuchten, das ihn mitgehen läßt.

Die Wohnungstür wird aufgemacht, als sie noch auf der Treppe sind. Karsten muß gespürt haben, daß Ursula nicht alleine kommt, hinter ihm im Flur stehen die Kinder, und alle geben Thomas fröhlich die Hand. Karsten fängt sofort an zu erzählen, Ursula serviert den Kaffee, und Thomas versteht nicht mehr, warum er sich zwei Jahre lang nicht getraut hat, herzukommen.

»Herr, Vater, wir danken dir, daß Thomas heute den Weg zu uns gefunden hat«, schiebt Karsten unvermittelt in einen Bericht über das letzte internationale Treffen in England ein.

»Amen!« rufen die Kinder.

Ursula lächelt.

»Vergiß mal, was vor zwei Jahren war«, sagt Karsten. »Da ist so einiges schiefgelaufen, das wollen wir vergessen. Wir sind alle weiser geworden.«

Erst kam er nicht mehr her, jetzt kommt er nicht mehr weg. Die Kinder brechen zur Schule auf, aber Thomas bleibt einfach sitzen, eingehüllt in Karstens helle, begeisterte

Stimme, die nur aussetzt, wenn er rasch etwas nachschlägt in seiner abgegriffenen, mit neonfarbenen Haftzetteln gespickten Bibel. Kurz vor dem Mittagessen beten Karsten und Ursula noch mal für ihn, bitten den Herrn um Antwort, warum es ihm weiterhin schlecht geht, wo er sich doch vor zwei Jahren im heiligen Geist hat taufen lassen.
»Wir wissen es nicht«, sagt Karsten. »Der Teufel ist stark. Wer ihm Platz macht, bei dem läßt er sich nieder. Aber der Herr wird antworten, so oder so.«
Zum Mittagessen gibt es Fleisch mit Klößen. Thomas hilft Karsten, einen Schrank in den Keller zu tragen.
»Ein paar starke Schultern zusätzlich sind was Schönes!« sagt Karsten.
Thomas lächelt. Er könnte die ganze Wohnung ausräumen, ohne müde zu werden.
Sie gehen mit den Jungs ins Hallenbad. Die Mädchen bleiben bei ihrer Mutter.
Es ist herrlich im warmen Wasser. Die Jungs klettern auf Thomas herum, lassen sich von ihm Kunststücke zeigen; Karsten kann in Ruhe seine Bahnen schwimmen. Als sie nach anderthalb Stunden frischgefönt in die Cafeteria kommen, leiht Thomas sich von Karsten eine Telefonkarte und ruft Sonja an.
»Ich bin's!« sagt er fröhlich.
»Ja«, sagt Sonja.
»Wie geht's dir!«
»Nicht so gut.«

»Das tut mir leid.« Thomas verstummt. Zwei Antworten, zwanzig Sekunden, und schon hat sie es geschafft, ihm die Stimmung zu verderben.
»Wo bist du?« fragt sie. »Da sind Stimmen im Hintergrund.«
»Ich bin im Hallenbad. Mit Karsten und den Jungs.«
»Oh.«
Sie kennt die Geschichte. Er wartet, was ihr dazu einfällt.
»Dann geht es dir gut«, sagt sie.
»Ja.«
»Das freut mich. Ich wünsche mir immer, daß es dir gut geht.«
Sie klingt traurig. Nicht zum Aushalten.
»Wünsch es lieber mir«, sagt Thomas.
Sie fängt an zu weinen. Er seufzt.
»Ich hätte nicht anrufen sollen.«
»Doch«, schluchzt sie.
Der schöne Nachmittag ist vorbei. Thomas' Gesicht juckt, die Kopfhaut spannt vor Trockenheit. Er muß hier raus. Karsten hält seine Söhne an der Hand. Thomas gibt ihm die Telefonkarte zurück.
»Danke«, sagt er. »Danke für den schönen Tag.«
»Überleg's dir«, sagt Karsten. »Ich kann jederzeit fragen, ob du wieder aufgenommen wirst. Hör auf das, was der Herr von dir verlangt.«

Meint ihr, daß ich gekommen bin, Frieden zu bringen auf Erden? Ich sage: Nein, sondern Zwietracht.
Thomas sitzt auf seinem Bett und liest. Ursula hat ihm eine Bibel gegeben, vielleicht dieselbe, die er ihr vor zwei Jahren zurückgegeben hat, weil er dachte, daß er es auch allein schaffen könnte. Wie eitel. Wie hochmütig. Wie abhängig von seinen kleinen, falschen Begierden. Inzwischen weiß er es besser.
Wenn jemand zu mir kommt und haßt nicht seinen Vater, Mutter, Frau, Kinder, Brüder, Schwestern und dazu sich selbst, der kann nicht mein Jünger sein.
Es steht alles da.

Als Thomas aufwacht, ist er sich sicher, daß jemand an der Tür ist, im Bad, draußen im Treppenhaus. Er preßt sich gegen die Wand, sein Magen krampft sich so heftig zusammen, daß ihm die Luft wegbleibt. Er schreit, atmet wieder, aber sein Schrei wird nicht erwidert, er liegt allein im Bett, bekommt nur die Decke zu fassen, preßt sie sich gegen den Mund. Er zittert. Wagt es nicht, Licht zu machen und nachzusehen, ob tatsächlich jemand da ist. Die Wand an seinem Rücken ist kalt, das zu merken, beruhigt ihn ein bißchen, er zieht die Decke fest um sich, starrt mit offenen Augen ins Dunkel und versucht, auf seinen eigenen Atem zu hören. Langsam kommt er zu sich. Es ist nur sein Zimmer. Es ist nur er selbst.

Das Freizeichen klingt in Thomas' Ohr. Es dauert lange, bis sie abnimmt. Ihre Stimme ist noch kleiner als gestern, aber nicht mehr so traurig.
»Hallo?« sagt sie.
»Sonja? Kann ich zu dir kommen?«
Sie schweigt. Thomas fängt an zu weinen.
»Was hast du denn?« fragt sie.
»Ich habe Angst. Ich halte es nicht aus. Nicht ohne dich.«
Sie schweigt. Thomas wartet. Sie hat ihn noch nie abgewiesen. Sie wird es auch jetzt nicht tun. Sie will nicht schuld sein, und nicht allein. Was sie zögern läßt, ist Vernunft, aber ihre Angst ist stärker. So sind sie, seine Frauen, alle. Immer gewesen. Er haßt sie, und das ist auch richtig so.
»Bitte«, sagt er.
»Ja«, sagt sie. »Ich mach was zu essen.«

Man sollte immer ein Glas Kompott im Haus haben

Seit neuestem war Gott überall mit dabei. Thomas hatte ihn in seinem Leben an erste Stelle gesetzt.
Ist in Ordnung, dachte Sonja. Selbst an erster Stelle zu stehen war ihr in letzter Zeit manchmal anstrengend geworden, und Gott kannte sie als einen, der da war, es aber nicht nötig hatte, sich in den Vordergrund zu spielen.
Doch da täuschte sie sich, was Thomas anging. Zwar hatte er nach eigenen Angaben Gott lediglich an erste Stelle gesetzt, Sonja wurde aber das Gefühl nicht los, daß Gott sie umzingelte, daß er an jeder Stelle saß, an der sie sich aufhielt oder auf die sie ausweichen wollte.
»Gott ist überall«, sagte Sonja.
»So ist es«, sagte Thomas und sah sie mit ausdruckslosen Augen an.

Um dieser unglücklichen Dreiecksbeziehung kurzzeitig zu entfliehen, fuhr Sonja übers Wochenende zu Freunden nach Berlin.
»Geh nicht!« rief Thomas oben am Fenster, als Sonja unten aus der Haustür trat.
»Ich bin doch Montag wieder da«, rief sie zurück, aber

scheinbar fürchtete sich Thomas, allein mit Gott in der Wohnung zu bleiben.

»Tu's nicht!« brüllte er. Sonja zuckte zusammen, drehte sich aber nicht mehr um. Vielleicht warf Thomas Gott jetzt endlich wieder raus. Im Haus waren genügend Wohnungen frei, halb Leipzig stand leer, seit die Leute ungehindert und arbeitslos nach Westen gehen konnten.

Sonja fuhr nach Norden. Beim Halt in Schönefeld hatte ihr Handy kurzzeitig Empfang und fing an zu klingeln, aber Sonja ging nicht ran. Sie ordnete ihre Beine neu und stieß dabei an das Knie eines Mitreisenden. »Tut mir leid«, sagte sie. Zum Glück fuhr der Zug schnell weiter.

Seit Gott bei ihnen eingezogen war, bekam Sonja zu unpassenden Gelegenheiten Anfälle von Furcht. Sie malte sich aus, daß der Schaffner sie an der Gurgel packte, wenn sie ihre Fahrkarte nicht schnell genug vorzeigte, daß die Frau einen Sitz weiter ihr die braunfleckigen Bananen in den Mund stopfte oder der fauchende Spülmechanismus auf der Zugtoilette sie komplett einsaugen könnte. Die ersten paar Mal hatte sie Thomas ihre Visionen erzählt in der Hoffnung, ein bißchen Trost zu bekommen. Statt dessen hatte Thomas ihr erklärt, daß die spürbare Anwesenheit Gottes selbstverständlich auch die spürbare Anwesenheit des Teufels mit sich brachte, und sie war fortan mit ihren Schrecken lieber allein geblieben.

Am Ostbahnhof wartete niemand. Die Berliner Freunde hielten es nur selten für nötig, zum Bahnhof zu kommen,

schließlich waren sie die Hauptstadt und viel frequentiert. Sonja wechselte den Bahnsteig, begleitet vom munteren Klingelton ihres Handys. Die S-Bahn fuhr ein und blies Sonja die Haare aus dem Gesicht; sie spürte, wie der Druck in ihrem Nacken sich löste und Vorfreude Platz machte. Sie zog das Handy aus der Tasche und schaltete es aus.
»Komm rauf!« rief Kai aus der Sprechanlage. Sonja ging durch den Hof, stieg die Treppen hinauf und umarmte Kai, der verschlafen auf einem Bein in der Wohnungstür stand. Er nahm ihr den Rucksack ab.
»Thomas hat schon angerufen. Ich hab behauptet, daß du bei Ulrike wohnst.«

Die Berliner Freunde reagierten auf Sonjas Dreiecksbeziehung mit unkomplizierter Anteilnahme und pragmatischer Sorge. Als ob Sonja bei ihnen im Stuhlkreis sitzen oder, noch besser, an einer ihrer gewaltfreien, fest untergehakten Sitzblockaden teilnehmen durfte. Sanft aufgehoben war sie dort und dennoch wach und aktiv. Der Feind wurde mit einfachen Tricks in die Irre geleitet, und man konnte sich ganz auf sich selbst konzentrieren und gemeinsam einen Friedenskanon anstimmen.
Kai und Benni hatten noch nicht gefrühstückt, und Ulrike war unterwegs und würde Brötchen mitbringen.
»Warum ziehst du nicht einfach wieder hierher?« fragte Ulrike, nachdem das Frühstück beendet war.
Sonja starrte auf die Tischplatte.

»Laßt uns das später bereden«, meinte Benni und zog seine Jacke an. »Wenn wir die Pinguinfütterung noch mitkriegen wollen, müssen wir jetzt los.«

Sie fuhren zu viert zum Tierpark. Sonja bewunderte die neuen graffitisicheren Bezüge der U-Bahnsitze und daß man während der Fahrt fernsehen konnte.
»Man merkt, du kommst vom Land«, sagte Kai, dabei hatte Sonja nur höflich sein wollen. In Leipzig gab es das alles schon seit Jahren.
Auch die Pinguinfütterung war nur ein müder Abklatsch der Orgien, die samstags im Leipziger Zoo stattfanden. Während man dort auf Kamelen reiten und mit Injektionen auf Raubkatzen schießen durfte, die Pfleger während der Fütterung über Ansteckmikrophone jeden einzelnen Handgriff kommentierten und am Schluß für Fragen zur Verfügung standen, schüttete hier eine mürrische Frau einen Eimer Heringe ins Becken und war nach dreißig Sekunden wieder verschwunden.
»Ist das alles?« fragte Sonja. Die Pinguine standen fröstelnd vor der Luke und konnten sich nicht entschließen, ins Wasser zu springen. Sonja wandte sich ab und zog Ulrike zum Kiosk, um nach Ansichtskarten zu suchen.
»Wartet doch!« rief Benni. »Gleich tauchen sie!«
Auf den Ansichtskarten sahen die Pinguine tatsächlich größer und tapferer aus als in Wirklichkeit.
»Wahrscheinlich sind es nicht dieselben.« Sonja drehte

die Karte um. *Königspinguin* stand darauf, kein weiterer Hinweis.
»Warum willst du ihm die schicken?« fragte Ulrike.
Sonja zuckte die Achseln. »Er ist doch mein Freund.«
Ulrike seufzte verhalten und bestellte eine Portion Pommes. »Er ist nicht nett zu dir. Er ruft ständig bei mir an und will wissen, wann du ankommst und ob du ihn dann zurückrufst. Und wenn du ihn zurückrufst, ist er nicht nett zu dir. Und einen religiösen Wahn hat er auch.«
Sonja winkte ab. »Ich weiß. Dann kriegt er eben den Schabrackentapir.«
»Auf keinen Fall«, sagte Ulrike. »Der Schabrackentapir ist meiner.«

Eindeutig waren die Freunde Sonjas Trost und Stütze. Sie schalteten der Reihe nach ihre Handys aus und führten Sonja an weitläufigen Gehegen vorbei, in denen beim besten Willen kein Tier zu sehen war.
»Wenn es wenigstens ein Schild gäbe, damit wir wüßten, wonach wir suchen müssen«, sagte Benni und rannte ein Stück zurück.
Sonja betrachtete die rindenlosen Stämme, die statt der Tiere im Gehege lagen.
»Hier stimmt was nicht«, sagte sie. »Ist nicht euer Elefantenbaby an einer Hautkrankheit gestorben?«
»Was soll das heißen, *unser* Elefantenbaby?« fragte Kai.
»Ich hab nichts damit zu tun.«

»Unseres lebt noch«, sagte Sonja.
»Oh sicher«, sagte Benni. »Dafür hat sich bei euch ein Gibbon erhängt. Und im Eisbärengraben lag kürzlich ein Asylbewerber.«
»Will jemand Eis?« fragte Ulrike.
Sonja nickte. Sie machte sich Sorgen um Thomas und hatte plötzlich auch wieder Sehnsucht nach ihm. Sie rief die Kurzmitteilungen auf, die seit dem Morgen auf ihrem Handy eingegangen waren. Sie hatten keinen rechten Anfang und handelten hauptsächlich vom Herrn, aber zwischendrin, hier und dort, stand etwas von »Sonja« und »Liebe«, auch wenn es wahrscheinlich nur die Anrede war. Vorsichtshalber speicherte Sonja alles ab. Vielleicht war Thomas zu Hause auch in den Zoo gegangen. Er kam dort nur selten weiter als bis zum Tropenhaus, wo es wohlig warm war und die Rotschwanzpapageien einem so dicht am Kopf vorbeiflogen, daß man sich ducken mußte. Da stand er dann auf einem der Brückchen und weigerte sich, zu den Selbstmordaffen mitzugehen, wegen denen Sonja gekommen war.
»Und danach hast du Sehnsucht?« fragte Ulrike.
»Er steht eben gern selbst im Mittelpunkt«, sagte Sonja und biß von ihrem Eis ab, »wer tut das nicht.«
In der Nähe der Eisbude spritzte ein Wärter den Weg mit einem Gartenschlauch.
»Da hast du's«, zischte Sonja und stieß Benni in die Seite, »hier wird desinfiziert.«

Der Postkasten am Eingang war keiner mit Sonntagsleerung. Sonja besah sich noch mal die falschen Pinguine, während die Freunde schon auf dem Weg zur U-Bahnstation waren. Sie würde vor der Karte zu Hause zurück sein und sie vermutlich selbst aus dem Briefkasten holen. »Guck mal, hier, eine Karte von mir«, würde sie sagen müssen; wer weiß, in welche Stimmung hinein oder aus welchem Streit heraus. Ein Handy mit Fotofunktion wäre jetzt die Lösung, dann könnte sie die Karte abfotografieren und Thomas umgehend zukommen lassen. Oder die Pinguine selbst. Oder sich selbst, auf die Karte deutend. Auf die lebendigen Pinguine deutend, wenn die Frau an der Kasse sie noch mal kurz durchließ.

»Was ist denn noch?« rief Ulrike aus der Entfernung.

Sonja trat unentschlossen vor dem Postkasten auf der Stelle und warf die Karte schließlich ein. Vielleicht war nächste Woche ja bereits alles anders.

Sonja kannte die Berliner Freunde schon seit Jahren. In Ulrikes Wohnung hatte sie selbst mal gewohnt, und mit Benni war sie sogar zur Schule gegangen. Sie kannten sich so lange, daß sie bei fast allem gleicher Meinung waren und neu hinzukommende Freunde mit geschlossenen Augen ihre Stimmen verwechselten, obwohl die der Jungs nun doch deutlich tiefer waren.

»Ich mußte mal raus«, sagte Sonja deshalb gern, wenn Leute sie fragten, warum sie nach Leipzig gezogen war.

Dort kam sie sich dann auch wirklich einzigartig vor, was aber inzwischen kein Genuß mehr war. Inzwischen suchte sie wieder krampfhaft nach Verbündeten. »Verstehst du?« fragte sie die Bäckersfrau, die etwa in ihrem Alter war und trotzdem hätte gesiezt werden müssen. »Das ist doch nicht normal, oder?«

Zu sehr konnte Sonja nicht ins Detail gehen, weil sich hinter ihr eine Schlange gebildet hatte.

Da war es dann doch besser, sich bei Ulrike, Kai und Benni zu vergewissern. Sie standen in Kais Küche und überlegten, was es zum Abendbrot geben sollte.

»Warum hast du denn nichts eingekauft?« fragte Ulrike tadelnd.

»Entschuldige mal, ich mußte mit euch in den Zoo«, sagte Kai und hielt versuchsweise eine angebrochene Packung Zwieback hoch.

»Besser als nichts«, meinte Ulrike und griff danach. Sie goß die restliche Milch vom Frühstück in einen Topf und bröckelte den Zwieback hinein. »Ofenschlupfer«, sagte sie. »Ofenschlupfer ohne alles.«

Kai und Benni setzten sich vor den Fernseher. Sonja sah zu, wie Ulrike die Auflaufform ausfettete.

»Ich muß ja nicht wieder zu ihm zurück«, sagte sie, »ich will aber so gerne.«

»Was denn genau?« fragte Ulrike. »Ich hab schon seit Wochen nichts Schönes mehr gehört.«

Sonja fing an zu weinen. Ulrike schob die Form in den Back-

ofen und reichte Sonja den Topflappen. Sonja wischte sich die Tränen ab. »Ich will, daß es wieder so wird wie früher.«
»Unsinn«, sagte Ulrike, »da fandest du's auch furchtbar.«
Sonja nickte.
»Kommt mal rüber«, rief Kai aus dem Wohnzimmer, »hier gibt's endlich Tiere!«

Sie saßen beim Essen vor dem Fernseher, in dem eine Löwenherde gerade ein Gnu zerkaute. Kai stocherte mit der Gabel im Ofenschlupfer, der bleich und schlabbrig auf seinem Teller lag.
»Ich finde, man sollte immer ein Glas Kompott im Haus haben«, sagte er.
Benni lachte, aber Sonja nickte ernst.
»Hab ich euch mal die Geschichte erzählt, wie mir ein Glas Sauerkirschen praktisch das Leben gerettet hat?«
»Moment«, sagte Benni. »Ist ein Glas Sauerkirschen überhaupt Kompott? Sind das nicht einfach eingemachte Sauerkirschen?«
»Gehupft wie gesprungen«, sagte Ulrike.
»Von wegen«, sagte Benni. »Kompott ist irgendwie dicker. Und zusammenhängender.«
»Falsch«, sagte Kai, »das ist Mus. Man sieht's an den Äpfeln. Das Zusammenhängende ist Apfelmus, und das Stückige ist Apfelkompott.«
»Eben!« rief Benni. »Stücke! Die Sauerkirschen sind ja nicht in Stücken.«

»Das kannst du nicht vergleichen«, sagte Ulrike mit autoritärer Stimme. »Ganze Äpfel passen nicht in Einmachgläser.«
»Noch ein Beweis!« Benni sprang auf und zeigte auf Ulrike. »Du hast dich selbst überführt! Wenn sie ganz wären, müßten sie in *Einmach*gläser, nicht in Kompottgläser. Hast du selbst gesagt.«
»Vergiß es doch«, sagte Ulrike und wandte sich an Sonja. »Was war mit den Sauerkirschen?«
»Egal«, sagte Sonja. Die Geschichte war traurig und ohne Pointe. Sie handelte eigentlich nur davon, daß man statt Schokolade auch Sauerkirschen essen konnte, wenn man deprimiert war. Die Berliner Freunde hatten mal wieder bewiesen, daß es besser war, einer aktuellen Sache zielstrebig auf den Grund zu gehen, anstatt trübsinnig in der Vergangenheit zu stochern.
Sonja holte Luft. »Aber es heißt zum Beispiel eindeutig ›Mirabellenkompott‹. Und Mirabellen sind wie Sauerkirschen in Gelb.«
Kai nickte heftig. »Genau. Ich weiß jetzt das Kriterium. Kompott ist das, was man aus dem Keller hochholt. Mirabellenkompott zum Beispiel.«

Sie stellten die halb leergegessenen Teller auf den Couchtisch und bewunderten die Löwen. Dann schalteten sie um und spielten Werbespotraten. Benni konnte das Wochenend-Joghurt-Lied komplett mitsingen; Sonja eigentlich auch, nur daß sie sich nicht getraut hatte, es zuzugeben. Wenn sie in Leipzig war, dachte sie nämlich, daß es traurig sei, sich aufs Fernsehen zu freuen. Hier war alles anders. Sie sah verstohlen in die Runde. Wie gern sie diese Freunde hatte. Und wie gleichgültig es ihnen schien. Nicht im Sinne von unwichtig, sie hatten nur offenbar keine Angst davor, von Sonja geliebt zu werden. Das machte die Liebe zu ihnen leicht, aber auch wenig aufsehenerregend. Sonja legte probehalber ihren Kopf in Ulrikes Schoß und lauschte, wie der Ofenschlupfer verdaut wurde. Ein leises Gluckern und Knarzen, dazu Ulrikes weicher Bauch und ihre Hand, die Sonja durchs Haar strich. Nichts, das sich dazwischendrängte. Aber auch nichts, das Sonja den Atem stocken ließ. Was war denn nun das Eigentliche?

Benni hatte beim Werbespotraten gewonnen und durfte entscheiden, wie der Abend weiterging. Er holte ein zerknittertes Flugblatt aus seinem Zimmer.

»Da müssen wir unbedingt hingehen«, sagte er. »Das sind Kommilitonen von mir, die nicht mal wissen, daß man illegale Parties in illegalen Bars nicht auf Flugblättern ankündigt. Und noch dazu am Samstagabend. Das wird bestimmt irre.«

»Sind wir nicht zu alt für so was?« fragte Ulrike.

»Im Gegenteil«, sagte Benni. »Wir haben jetzt lange genug geübt.«

Tatsächlich waren die Berliner Freunde äußerst souverän im Umgang mit den Bierflaschen, Wasserpfeifen und Finnisch singenden Liedermachern, die hinter den runtergelassenen Rolläden einer ehemaligen Wäscherei auf sie warteten.
Sonja mußte daran denken, wie sie vor zehn Jahren bei der Besetzung einer stillgelegten Brauerei mitmachen wollten, aber nicht recht wußten, was zu tun war. »Bier trinken«, hatten die obdachlosen Kinder vorgeschlagen, die im ersten Stock der Direktorenvilla bereits ihre Schlafsäcke ausrollten. Das hatte zwar eingeleuchtet, war aber nicht ganz ihre Art gewesen, weshalb sie unverrichteter Dinge in die teuer gemietete Altbauwohnung zurückgekehrt waren und eine spießige WG bleiben mußten.
Jetzt stand Ulrike in hohen Schuhen am zur Bar umfunktionierten Abholtresen und öffnete routiniert die Bierflaschen mit dem Feuerzeug. Sonja ließ den Blick über die Partygäste schweifen, die in Trauben an metallenen Wäschewagen hingen, rauchten und gegen die Musik anbrüllten.
»So viele schöne Menschen gibt es in Leipzig nicht!« brüllte sie ihrerseits Ulrike ins Ohr.
»Schön?« brüllte Ulrike zurück.
»Naja, in dem Sinne, daß man sich was mit ihnen vorstellen kann!«
Ulrike schüttelte den Kopf. »Das müssen verklärende Heimatgefühle sein. Ich wollte hier nicht mal wen ansprechen.«

Benni und Kai kamen mit schlenkernden Armen von einem Rundgang zurück.
»Da hinten riecht es nach Chemie«, sagte Benni. »Würde mich nicht wundern, wenn der ganze Laden gegen halb zwei in die Luft fliegt.« Er rieb sich die Hände. »Wäre das nicht sagenhaft illegal?« Er bestellte noch mehr Bier.
Sonja betrachtete das PVC-Parkettimitat unter ihren Füßen. Es war die Sorte, die auch in Ostberliner S-Bahnen vorkam und aus der eine findige Produktdesignerin jetzt Umhängetaschen fertigte, das Stück zu hundertzwanzig Euro. In Leipzig hatte Sonja das falsche Parkett in allen Zimmern und im Treppenhaus, weshalb der Vermieter noch mal runtergegangen war im Preis. »Wenigstens pflegeleicht«, hatte er gesagt, nichtsahnend. Sonja hielt Ulrike ihre Bierflasche zum Öffnen hin. Es kam eben nicht darauf an, was die Dinge waren, sondern in welchem Zusammenhang sie standen. Eine Plattenbauwohnung mochte inzwischen wieder einiges wert sein, aber natürlich nur, wenn sie direkt am Alexanderplatz lag und im obersten Stockwerk.
»Exotisch ja, aber zu Fuß erreichbar. Das ist doch feige, oder?« meinte Sonja.
Ulrike zuckte die Achseln. »Man könnte natürlich nach Wladiwostock ziehen oder sonstwohin, wo alles noch echt ist. Das kriegt dann aber keiner mit. Und was keiner mitkriegt, ist nicht cool, sondern einsam.«
Anders als Sonja hatten die Berliner Freunde sich an den Zustand ihrer Stadt gewöhnt. Sie lamentierten nicht, daß

es zu anderen Zeiten mal besser gewesen war, sondern betrachteten jede neue Mode mit Nachsicht und kulturwissenschaftlichem Interesse. Sie spotteten über Sonja, die meinte, auf bestimmte Orte Anspruch erheben zu können.
»Wenn du's so viel früher entdeckt hast, hättest du eben gleich einziehen müssen«, sagte Benni. »Oder einen Club aufmachen. Oder wenigstens ein Foto mit Datumsanzeige: *Sonja was here. Dezember 1989.*«
Sonja schlug beschämt die Augen nieder. Das Bedürfnis nach Exklusivität war wirklich lächerlich, wenn man gleichzeitig von allen verstanden sein wollte. Und schon Leipzig war zu weit weg, als daß jemand aus Berlin auch nur für ein Wochenende hinfuhr, um zu bewundern, wie speziell und original erhalten dort alles war. Nach Leipzig kam nur Thomas. Und der interessierte sich nicht für Wohnungseinrichtungen und Clubs. Sonja sah zu den Leuten hin, die sie eben noch schön gefunden hatte. Vielleicht waren es auch nur die Frisuren. Oder die Turnschuhe, die an ein gemeinsames, harmloses Früher erinnerten. Oder die Gewißheit, daß sich bei diesen Leuten der Traum vom alternativen Leben darin erschöpfte, in einer dichtgemachten Wäscherei Schallplatten zu hören, anstatt wie Thomas im Auftrag des Herrn Land besiedeln und es allen weitersagen zu wollen.
»Laßt uns tanzen gehen«, sagte Ulrike. »Nichts ist so exklusiv wie mein unnachahmlicher Tanzstil.«

Nach Hause fuhren sie einen Umweg, damit Sonja das frischsanierte Brandenburger Tor bewundern konnte.
»So sieht das nämlich aus«, sagte Benni zufrieden. »Du bist hier in Preußen, und hier herrscht Religionsfreiheit.«
Es war nicht leicht, den Freunden zu erklären, warum sie Thomas nicht ein für allemal mit Gott alleine ließ.
Kai und Benni gingen ins Bett, aber Ulrike blieb mit Sonja in Kais Küche sitzen und knackte ohne Unterbrechung staubige Erdnüsse.
»Da hört der Spaß doch auf«, sagte sie, nachdem Sonja ihr erzählt hatte, daß auch der Teufel jetzt Anspruch auf einen Platz in ihrer Wohnung erhob. »Teufel. Was ist das überhaupt?«
Sonja zerrieb die braunen Nußhäutchen zwischen den Fingern. »Naja, Sex zum Beispiel. Oder Süßigkeiten. Wie du hier sinnlos im Morgengrauen noch Erdnüsse in dich reinstopfst, das ist der Teufel.«
»Oha«, machte Ulrike. »Und was kann man gegen ihn tun?«
»Beten und standhalten«, sagte Sonja. »Und wenn man ihm aus Versehen nachgegeben hat, muß man halt ehrlich bereuen. Was fragst du denn, das weißt du doch!«
»Stimmt, ich erinnere mich. Ich denke nur schon seit Jahren, daß ich es am Ende doch selber bin.«
»Bist du ja auch, schließlich bist du zu schwach. Aber die Idee kommt vom Teufel. Wie bei Eva und dem Apfel.«
Ulrike nickte. »Man sollte immer ein Glas Kompott im Haus haben.«

Schließlich ging Ulrike nach Hause. Sonja spannte ein Laken über Kais Couch und legte sich hin. Aus dem Hof kam nicht das leiseste Geräusch. Sonja dachte an Thomas, der jetzt bestimmt ebenfalls im Bett lag, sich fürchtete und die Hände über der Decke gefaltet hielt. Sonja betete auch. Sie stellte sich vor, wie sie der Schlange ein Glas Kompott entgegenhielt, »Da siehst du, ich brauch deinen Apfel nicht!«, und Gott wie ein Flaschengeist aus dem Glas aufstieg, die Schlange einnebelte und ohnmächtig zusammensinken ließ. Kompott ist das, was man aus dem Keller hochholt, dachte Sonja, und daß sie Thomas wahrscheinlich nicht dazu bringen konnte, es wieder hinunterzutragen.

Kai und Benni schliefen lange, und es war Sonjas letzter Tag, also konnte sie ohne weiteres Thomas anrufen und ihm durchgeben, wann sie zurückkommen würde.
»Achtzehn Uhr zwei«, sagte sie, und Thomas sagte: »Ich hol dich ab.«
Draußen war Sonntag, die Sonne schien immer noch nicht, und was auf Sonja gestern noch anregend gewirkt hatte, war jetzt langsam und zäh. Die Wohnung sah schlampig aus, ungeputzt. Kai und Benni standen nie vor halb zwölf auf, und die Straßenbahn zu Ulrike fuhr sonntags nur alle zwanzig Minuten. Sonja war eingesperrt und mußte leise sein.
Im Grunde genommen hatten die Berliner Freunde alle

Ideale verraten. Sie wohnten nicht mehr in WGs zusammen, geschweige denn in besetzten Häusern. Statt brandenburgischem Grünkohl in der Foodcoop kauften sie Fertiggerichte im Spätverkauf, sie gaben Unmengen von Geld für Friseur und Kosmetik aus, schlossen ihr Studium und Hausratversicherungen ab und erbten von ihren Müttern japanische Kleinwagen. Und Sonja war genauso. Der einzige, der noch etwas wie Radikalität besaß, war Thomas. Zwar schien er seinen Weg nicht ganz freiwillig eingeschlagen zu haben, aber dafür wich er jetzt keinen Zentimeter mehr davon ab. Zumindest nicht Sonja zuliebe.

Sie setzte sich an den Küchentisch und versuchte, ein Orakel aus den Erdnußschalen zu lesen. Sie wollte nicht nach Hause. Und hier wollte sie auch nicht mehr sein. Nach Bangkok vielleicht, oder zurück zu den Eltern. »Wenn du im Herrn wandelst, dann kennst du deinen Weg. Lies die Bibel, und du wirst wissen, was du zu tun hast. Du mußt nur ehrlich zu dir selbst sein.« Das war es, was Thomas dazu sagen würde.

Kai kam in Schlafanzughosen in die Küche und setzte sich zu ihr.

»Klingt verlockend«, meinte er. »Hast du's denn schon mal probiert?«

»Ich weiß doch nicht mal, was Gott und was des Teufels ist. Ich komme durcheinander, wenn alles, was ich will, gleichzeitig die Versuchung sein kann, der ich widerstehen muß. Ich verstehe nicht, wie ich nach dem Guten streben soll, wenn ich dabei ständig in Verdacht gerate, Hauptsache gut sein zu wollen. Also stolz. Ich verstehe nicht, wo ich Demut herkriegen soll, wenn ich mir keiner Schuld bewußt bin. Ich verstehe das Erbsündenprinzip nicht. Ich verstehe die Erbsünde nicht. Irgendwie finde ich es ganz in Ordnung, daß Eva in den Apfel gebissen hat. Wer will denn ewig nur Kompott essen?«

Kai nickte. »Ich glaube, du bist verwirrt. War ja auch nicht deine Idee. Hast du selbst überhaupt ein Bedürfnis nach Geistigkeit?«

Sonja zuckte die Achseln. »Manchmal schon. Manchmal bete ich. Dann bitte ich Gott um alles mögliche, aber er antwortet nicht, und damit habe ich ehrlich gesagt auch nicht gerechnet. Und wenn er antworten würde, dann höchstens: Mal sehen, was sich machen läßt. Und ich: Okay, danke fürs Zuhören. Verstehst du?«

»Versteh ich. Du kommst eben auch allein ganz gut zurecht.«

»Aber das ist Stolz. Das wird mir noch mal leid tun.«

»Sagt Thomas.«

»Sagt Thomas.« Sonja seufzte.

Kai seufzte auch. Er sah traurig aus. Sonja bekam ein schlechtes Gewissen, weil sie schon wieder von ihren Problemen sprach. Deren Lösung noch dazu offensichtlich war.

»Komm doch wieder richtig her«, sagte Kai, »wir würden uns jedenfalls freuen.«

Sonja sah auf die Tischplatte, auf die Erdnußschalen, die

nichts verrieten, auf Kai, der bestimmt länger geschlafen hätte, wenn sie nicht dagewesen wäre.

Thomas stand am Ende des Bahnsteigs neben dem Kasten mit der Modelleisenbahn, hatte die Hände in den Jackentaschen und sah ihr entgegen. Sonja lächelte. Es war schön, abgeholt zu werden. Aus den Lautsprechern in der Halle kam leise Musik. Sonja umarmte Thomas, der die Hände nicht aus den Taschen nahm und sie nur ansah.

»Alles in Ordnung?« fragte Sonja.

Thomas wandte sich zum Gehen. Sonja ging neben ihm her.

»Du freust dich gar nicht, daß ich wieder da bin.«

Thomas hatte die Schultern hochgezogen und achtete auf seine Füße. »Doch«, sagte er.

»Merkt man nicht«, sagte Sonja.

Sie nahmen den Weg durch die Fußgängerzone. Die ganze Innenstadt war mit Frauen plakatiert, die mit verheirateten Männern geschlafen hatten und nun in einer Zeitung davon berichteten. Aus der Nikolaikirche war die Orgel zu hören. Thomas zögerte, ging dann aber weiter.

»Du hast geraucht«, sagte er.

»Nein!« sagte Sonja. »Das kommt von der Party.«

»Dann wurde auf der Party geraucht.«

Sonja holte Luft. Ihr Handy klingelte. Sie blieben stehen. Kai war dran.

»Sonja? Ich hab noch mal nachgedacht. Wegen der Kompottfrage, weißt du? Der Unterschied liegt nicht darin, wie die Kirschen eingelegt sind. Es kann ein und dasselbe Glas sein. Der Unterschied ist, daß man die eingemachten Kirschen auch auf einen Kuchen legen kann, während das Kompott der Nachtisch selber ist. Den Unterschied machen nicht die Kirschen, sondern als was man sie verwendet. Du bestimmst, was sie sind.«

»Ich bestimme?« Sonja sah zu Thomas hin, der den Kopf in den Nacken gelegt und die Augen geschlossen hatte.

»Ja. Nur komisch, daß wir nicht gleich drauf gekommen sind.«

Glückliche Fügung

Nach und nach ging alles zu Ende.
Simone fragte sich, wie andere Leute die Dinge am Laufen hielten.
Ihre Umschulung vom Arbeitsamt hatte in die völlig falsche Richtung geführt; das Graphikbüro, für das sie einmal die Woche schwarz die Buchhaltung machte, ging pleite; Herbert hatte sich nach monatelangem Hin und Her für seine Ex-Freundin entschieden; und Simones Mutter, zu der sie regelmäßig zu Besuch gefahren war, zog zu Simones Schwester nach England.
»Du findest schon wieder was«, sagte Anna, die letzte von Simones Freundinnen, die manchmal noch Zeit für ein Abendessen hatte. Aber das Gegenteil war der Fall. Sie wußte nicht, wohin sie abends ausgehen sollte, ohne die Älteste zu sein; sie hatte Lust, mal wieder Völkerball zu spielen, aber dazu brauchte man mindestens acht Leute und einen Ball; ihre Lieblingsserie im Fernsehen wurde abgesetzt, das Erdbeermüsli vom Supermarkt ausgelistet; sie wurde unsicher, was sie anziehen oder kochen sollte, und nur für sich selbst lohnte der Aufwand auch nicht. Vielleicht war sie zur Zeit einfach nicht dran. So was kam vor; wie sollten denn auch alle stets gleichermaßen berück-

sichtigt werden im großen Plan? Ab und zu mußte jemand aussetzen. Aber es war schwierig, zu leben, ohne dranzusein. Nonnen konnten das vielleicht oder ältere Geschwister, aber Simone nicht. Also versuchte sie, die Sache mit Gewalt zu regeln. Sie zog champagnerfarbene Strumpfhosen an, ging zu Annas Geburtstagsparty und wurde schwanger von einem Mann, den sie kaum kannte.
»Das kann passieren«, sagte sie, um zu rechtfertigen, daß es ausgerechnet jetzt passiert war. »Man ist schließlich keine Verhütungsmaschine.«
Sie zog mit Hannes, dem Erzeuger des Kindes, in ein Haus vor der Stadt und machte sich daran, das Kinderzimmer einzurichten. Weil die S-Bahn nicht bis zur Siedlung rausfuhr, war die Miete günstig. Hannes kaufte ein gebrauchtes Auto.
»Nimm es«, sagte er, »ich fahr mit dem Rad zum Bahnhof.«
Simone ging doppelt so oft wie nötig zu den Vorsorgeuntersuchungen und ließ einen Haufen Ultraschallbilder anfertigen, weil das Kind nie zeigen wollte, was es war.
»Wenn wir jetzt noch mal nachsehen, muß ich allerdings eine Gebühr erheben«, sagte die Gynäkologin. Sie verteilte großzügig Gleitgel auf Simones Bauch. Dennoch war nichts zu erkennen; nur das Herz des Fötus schlug schnell.
»Keine Sorge«, sagte die Gynäkologin, »das muß so sein.«
Das Kinderzimmer wurde ein Traum in Weiß und Gelb.
Ende des fünften Monats löste sich an einer Stelle die Tapete wieder ab, im Verlauf des sechsten warf sie im ge-

samten unteren Drittel Falten, und es stellte sich heraus, daß die Mauern des Hauses porös und voller Wasser waren.
»Es gibt Schlimmeres«, sagte Simone zu Anna, mit der sie jeden Tag telefonierte, um nicht auf die Nachbarinnen angewiesen zu sein. »Schließlich hätte sich auch die Plazenta lösen können.«
Trotzdem fragte sie sich, ob sie das Baby ins feuchte Kinderzimmer legen sollten.
»Am Ende fällt noch der Putz in die Wiege. Und Schimmelsporen reizen die Atemwege.«
Hannes hatte sich die Sache angesehen und geseufzt und mit dem Fingerknöchel gegen die Wand geklopft. Simone seufzte ins Telefon.
»Er wird die Miete mindern, hat er gesagt. Und von dem Geld kaufen wir uns Atemmasken und Taucheranzüge.«
Anna am anderen Ende schwieg. Simone wußte nicht weiter.
»Vielleicht war das Ganze ein Fehler«, sagte sie.
»Zumindest ist es ziemlich schnell gegangen«, sagte Anna.

Mit Hannes war alles in Ordnung, was Simone, wenn sie ehrlich war, ein bißchen verunsicherte. Bisher hatte sie vor allem Männer mit großen persönlichen Problemen gekannt, die spätestens jetzt, im sechsten Monat, das Weite gesucht hätten oder zumindest täglich betont, hereingelegt worden zu sein. Hannes sagte nichts dergleichen. Er sprach überhaupt wenig, lächelte viel und gähnte, weil er abends

spät nach Hause kam. Er arbeitete als Dramaturg für einen Opernregisseur; noch ein Punkt, der Simone verunsicherte. Sie war in ihrem Leben noch nie in der Oper gewesen, und selbst wenn, hätte sie nicht mitreden können, weil der Regisseur ausschließlich Opern inszenierte, von denen auch Kenner noch nie etwas gehört hatten. Wenn Hannes dann doch mal auf seine undurchsichtige Tätigkeit zu sprechen kam, versuchte Simone, Parallelen zu ziehen.
»Der Regisseur will den Chor im Dunkeln singen lassen? Das erinnert mich an diese Teenagerparties, auf denen das Licht ausgeknipst wird, damit sich endlich jemand traut zu tanzen.«
Hannes nickte.
»Oder Nachtwanderungen«, sagte Simone, ermutigt von seiner Zustimmung. »Es ist dunkel, und alle singen ›Country Roads‹, Conni Schmidt sogar die zweite Stimme.«
Das Kind war gezeugt worden, ohne daß Simone irgendwas von Hannes wußte, und insofern war es wohl ein großes Glück, daß alles, was sich über seinen Charakter und seine Lebensweise herausstellte, sympathisch und verträglich war. Nur daß Simone das nicht recht glauben konnte.
»Warum hast du denn nicht längst eine andere Familie?« fragte sie, als er mit einem Schutzbrief für werdende Eltern und einem Pfund Hackfleisch für Spaghetti Bolognese nach Hause kam. »Du bist irgendwie zu gut für mich spätes Mädchen.«
Hannes lachte und fing an, Zwiebeln zu schälen. »Was ist

denn, hast du ein schlechtes Gewissen? Du kannst den Salat waschen, wenn das hilft.«
Er war gut und klug und immer frisch rasiert. Nur ein bißchen still, das wohl.
»Worüber denkst du nach?« fragte Simone, aber im selben Moment warf er das Fleisch ins heiße Fett und hörte sie deshalb nicht.
Daß das Kind im Grünen aufwachsen sollte, war seine Idee gewesen. Simone vermutete, daß er schon längst in sein Heimatdorf im Schwarzwald zurückgekehrt wäre, wenn es dort einen Opernregisseur gegeben hätte. Ihr selbst war der Umzug in die Siedlung sehr recht gewesen; ein weiterer Schritt weg von allem, was nicht mehr funktionierte und hin zu einem Leben, in dem eins zum andern passen würde. Unheimlich war nur, wie einfach es jetzt ging.
Nachdem sie den Schwangerschaftstest gemacht und von Anna Hannes' Telefonnummer bekommen hatte, hatte sie ihn in der Kneipe getroffen, über der sie seit Herberts Auszug wieder alleine wohnte, und versucht, ihm die Neuigkeit direkt und dennoch sensibel mitzuteilen. Sie kam sich vor wie in einem TV-Roman.
»Hast du dich nicht gefragt, warum ich nach fünf Wochen plötzlich doch noch anrufe?«
Hannes zuckte mit den Schultern und grinste.
»Schon gut so«, sagte er.
»Das denkst du jetzt«, sagte Simone, »aber was sagst du dazu, daß ich ein Kind bekomme?«

Er sah sie an, runzelte leicht die Brauen und grinste dann noch mehr.
»Von mir?«
Simone nickte und sah bescheiden auf die Tischplatte.
Hannes lachte.
»Das ist ja wie im TV-Roman«, sagte er.
Er bestellte Rotwein zum Anstoßen, und dann hatte Simone gefragt, ob er mit nach oben kommen wollte.
»Ja natürlich«, sagte Hannes.
Sie blieben die ganze Nacht in der Küche sitzen und besprachen das weitere Vorgehen. Simone vergaß, daß sie sich eigentlich nicht kannten, und auch Hannes kam nicht darauf zu sprechen. Erst als sie ins Bett wollte und Hannes immer noch da war, fiel es ihr wieder ein.
»Sind wir also jetzt ein Paar?« fragte Simone unsicher.
»Wahrscheinlich«, sagte Hannes, »oder möchtest du nicht?«
»Ich weiß nicht. Bin ich überhaupt dein Geschmack?«
»Absolut.«
Das gehörte zum Nettesten, was je ein Mann zu Simone gesagt hatte.

Das Haus war, wenn man die Quadratmeter zusammenzählte, nicht größer als eine durchschnittliche Dreizimmerwohnung. Im oberen Stock waren die Decken niedrig und die Wände zur Hälfte schräg, dafür hielt die Tapete dort besser. Simone räumte Wiege und Wickelkommode in die

winzige Kammer, die eigentlich Hannes' Arbeitszimmer hatte werden sollen; es war nicht leicht, die Möbel allein die Treppe hinaufzuwuchten, aber sie beruhigte sich mit dem Gedanken, daß das Kind im Brutkasten bereits überleben würde, sollte es jetzt kommen. Durch das schräge Fenster, das nur von einem Haken zugehalten wurde, konnte man in den Apfelbaum sehen. Es war Frühsommer, und der Baum trug kleine grüne Früchte. Nebenan hämmerte man; die Nachbarn ließen ihr Dach neu decken. Simone fiel ein, daß sie sie eigentlich hätten warnen können; bestimmt wußten sie, warum die Vormieter ausgezogen waren und das Haus so lange leergestanden hatte. Aber um sie zu warnen, hätten sie sie beachten müssen. Simone horchte auf das Hämmern, das man durchaus auch als eine Art der Kommunikation deuten konnte. Klopfklopf, wir sind tüchtig. Bei uns geht es ordentlich zu und voran. Wir rüsten uns für Wind und Wetter, und unser Haus gehört uns, da kann man ruhig was investieren.
Das Dach der Nachbarin gegenüber bestand aus verschieden großen Stücken Teerpappe, deren Kanten mit Fußbodenlack überstrichen waren, damit nichts durchkam. Sie hatte nur ein einziges Stockwerk, aber dafür einen Zaun, der doppelt so hoch war wie das Haus und oben mit Stacheldraht gesichert. Ein garstiger Terrier lief daran entlang Streife. Die Nachbarin selbst war nur mittwochs und samstags zu sehen, wenn der Kaufmannsbus vorne an der Straße hielt. Dann ging sie mit zwei kleingefalteten Plastiktüten in der

Faust los und kam mit den gefüllten Tüten zurück, sah stur geradeaus und beeilte sich, wieder ins Haus zu kommen. Es waren immer dieselben Tüten, deren Aufdruck schon ganz abgeschabt war, und sie trug auch immer denselben braunen Hosenanzug unter ihrer Schürze. Vor solchen Frauen hatte Simone sich gefürchtet, als sie beschlossen hatten, aufs Land zu ziehen, aber inzwischen fand sie die jungen Frauen, die ihre Kinder in nagelneuen Zweitwagen durch die Siedlung fuhren und Samstag nachmittags mit verschränkten Armen vor ihren Garagen standen, wesentlich unheimlicher. Die Männer dazu sah man überhaupt nur Samstag nachmittags, und sie musterten Simone nicht mal mißmutig wie die Frauen, sondern ignorierten sie komplett. Dafür riefen ihr die Jungs, die vor dem Einkaufszentrum an der Bundesstraße kleine Flaschen Apfelkorn leerten, ordinäre Sprüche nach, und neulich hatten zwei etwa zehnjährige Mädchen am Gartentor gestanden und sie mit wilden Augen angestarrt. »Du hast Sex gehabt!« hatte die eine geschrien und auf ihren Bauch gedeutet.

Hannes bekam von alledem wenig mit.

»Ihr könntet die Nachbarn mal einladen«, schlug Anna am Telefon vor. »Fondue oder Raclette, irgendwas, das lange dauert und sie nicht verunsichert, weil sie es selbst immer machen, wenn Besuch kommt.«

»Dann sehen sie aber, daß die Tapete runterhängt«, hielt Simone dagegen.

»Um so besser«, sagte Anna, »schon gibt es was, wozu sie euch Tips geben können.«
»Und wenn Hannes nichts sagt?«
»Bei solchen Treffen reden immer nur die Frauen«, sagte Anna.
»Was soll ich denn erzählen?«
»Was der Raclettekäse gekostet hat. Und wo ihr im Sommerurlaub hinfahrt. Ob's ein Junge oder ein Mädchen wird, und daß ihr euch über beides gleichermaßen gefreut hättet.«
»Ich weiß aber doch nicht, was es wird.«
»Immer noch nicht? Na gut, dann vergiß die Einladung.«
Wenn sie ehrlich war, wollte Simone lieber einen Jungen. In regelmäßigen Abständen überfiel sie nämlich ein schlechtes Gewissen, daß sie aus purer Geltungssucht und Langeweile ein Kind in die Welt setzte. Da sollte es ihr wenigstens so unähnlich wie möglich sein.
Hannes sagte, ihm sei es egal, aber alle Männer, die Simone vor ihm gekannt hatte, hatten Mädchen gewollt.
»Du mußt sonst Vorbild sein«, sagte Simone. »Jeden Tag wird er dich an die verkorkste Beziehung zu deinem eigenen Vater erinnern, und wenn du ihn verwöhnst, wird er in der Schule verdroschen.«
»Die sollen ruhig kommen«, sagte Hannes und hob warnend das Kinn.
Aber das Kind drehte sich aus dem Bild oder hielt keusch die Hände vors Geschlecht, sobald die Gynäkologin den Ultraschallkopf ansetzte.

»Es hat Charakter«, sagte Hannes zufrieden.
Abends sang er ihm Beatleslieder vor oder The Kinks, oder er versuchte, es durch Simones Bauchdecke hindurch zu pieksen, damit es Abwechslung bekam.
»Ohne Kind wären wir gar nicht zusammen«, sagte Simone eifersüchtig.
Hannes grinste. »Es ist ein Kuppel-Kind. Machst du dir Sorgen wegen seiner Provision? Die zahl ich.«

Anfang des siebten Monats hatte die Oper, bei der der Chor im Dunkeln singen sollte, Premiere. Die Woche davor kam Hannes überhaupt nicht mehr nach Hause, sondern schlief bei seinem Regisseur auf dem Sofa. Das wäre nicht weiter schlimm gewesen, wenn nicht gleichzeitig der Blitz in den Fernseher eingeschlagen hätte.
»Kauf dir sofort einen neuen«, war Annas Kommentar, aber Simone meinte, daß das Kind sowieso fernsehfrei aufwachsen sollte. Sie saß abends bei Radiomusik auf dem Sofa, die Füße gegen die kriechende Feuchtigkeit in eine Decke gewickelt, und strickte Strampelhosen, von denen sie selbst nicht glaubte, daß das Kind sie jemals tragen würde. Sie war jetzt wieder an der Reihe, Hort eines werdenden Lebens und bald auch Mittelpunkt desselben; sie tat das, was gesunde Frauen in ihrem Alter tun sollten, und versuchte, sich daran zu erinnern, wie nutzlos und allein sie vor einem Jahr gewesen war, und daß ihr damals diese Version von sich selbst – schwanger und strickend in einem

Haus auf dem Land – aufregend und erwachsen vorgekommen wäre. Das funktionierte kurz, aber sobald sie von ihrem Strickzeug aufsah oder überlegte, in die Küche zu gehen und Tee zu kochen, erschien ihr auch ihr jetziges Dasein überflüssig und farblos. Dann konzentrierte sie sich darauf, wie das Kind wohl aussah. Wie süß es aussehen würde.

Zur Premiere zog sie ihr einziges echtes Umstandskleid an und eine Kette, die das Ganze festlich wirken ließ. Ihre Füße paßten abends nur noch in Turnschuhe, aber die Aufführung fand in einer Fabrikhalle statt, also störte das nicht.

Simone war es gewöhnt, zu Veranstaltungen zu gehen, die sie niemals besucht hätte, hätte sie nicht einen der Macher gekannt. Sie war mit diversen Künstlern liiert gewesen, und auch einige ihrer Freundinnen arbeiteten in der Öffentlichkeit. Neu war, zu jemandem zu gehören, dessen Beteiligung am Geschehen sie nicht recht durchschaute, der furchtbar nervös war, aber nicht sichtbar in Aktion. Simone wußte nicht, ob sie Hannes ansprechen durfte, ob er gelobt werden wollte oder ob es im Publikum jemanden gab, der es spannend fand, daß das Kind in ihrem Bauch von ihm war.

Es war anstrengend, stillzusitzen, weil das Kind dann sofort aufwachte und anfing zu treten. Bei der ersten Arie bekam es einen Schluckauf, und Simone mußte sich ohnehin schon zusammenreißen, um nicht laut zu kichern.

Der Tenor machte äußerst merkwürdige Gesten, wohl um den Sinn der Worte zu unterstreichen, die zwar deutsch, aber unverständlich waren. Sie wußte, daß auch Hannes mit der Besetzung unzufrieden war, konnte sich aber nicht erinnern, woran es gelegen hatte. Vielleicht mußte das alles so sein oder geschah sogar auf seine Anregung hin. Simone blätterte unauffällig im Programmheft, dem einzigen, von dem sie sicher war, daß er es gestaltet hatte, und versuchte, einen Hinweis darauf zu bekommen, wie lange es noch dauern würde. Es wurde dunkel auf der Bühne, und der Chor setzte ein. Simone bekam Gänsehaut. Offenbar zeigte das, was Hannes als faulen Zauber bezeichnete, bei ihr spontan Wirkung. Sie schämte sich ein bißchen, aber es war eben ihr erstes Mal. Als das Licht wieder anging, sah sie Hannes den Gang durch die Stuhlreihen entlangkommen, schnell und geduckt. Neben ihrem Platz ging er in die Hocke und faßte nach ihrem Bein. Simones Herz pochte laut; damit hatte sie nicht gerechnet.
»Nur noch zwanzig Minuten, dann ist es vorbei.« Er drückte kurz ihren geschwollenen Knöchel und verschwand dann nach hinten zu den Technikern.
Simone bekam nichts mehr mit. Beim Applaus mußte sie mit aller Macht die Tränen zurückhalten, und als Hannes ihr auch noch mit der Rose zuwinkte, die er überreicht bekommen hatte, stand sie schnell auf und verschwand auf dem Klo. Sie schloß hinter sich ab und atmete tief durch. Nie zuvor war ein Mann so herzlich zu ihr gewesen, noch

dazu an einem Abend, wo er selbst im Mittelpunkt stand und aufgeregt war. Sie überlegte, ob in so einem Verhalten vielleicht eine Schwäche lag, peinliche Servilität, etwas, wofür andere Frauen ihn verachten und fortan ausnutzen würden, aber es war einfach nur nett und natürlich. Sie trank ein bißchen Wasser aus dem Hahn und strich sich das Kleid glatt. Wie sollte sie ihm das zurückgeben? Sie mußte sich ganz schnell etwas Kluges zu seiner Arbeit einfallen lassen, von der sie doch gar nichts verstanden hatte.

Als sie wieder in die Halle kam, standen alle bereits in Knäueln vor der improvisierten Bar und stießen an. Den Regisseur und einen der Techniker kannte Simone, weil sie beim Umzug geholfen hatten. Sie setzte ein Lächeln auf, von dem sie hoffte, daß es offen und interessiert wirken würde, und stellte sich dazu.

»Jungejunge«, sagte der Techniker mit Blick auf ihren Bauch. »Hoffentlich steht der Hannes das durch. Ich bin bei der Geburt meiner Tochter ohnmächtig geworden. Nabelschnurvorfall, die war blau wie mein Hemd.«

»Ich hab's von vornherein verpaßt«, sagte ein Techniker, den Simone nicht kannte, »ich hab einen Parkplatz gesucht vorm Geburtshaus, und es hing schon halb raus, als wir vorgefahren sind.«

»Besser so als dreißig Stunden Wehen.« Ein dritter Techniker machte mit wichtiger Miene seine Bierflasche mit einer anderen auf. »Und am Schluß steckt er fest. Ich hab ihn mit diesen Händen«, er hob die Bierflaschen, »mit diesen meinen Händen hab ich ihn rausgezogen. Was für ein Gefühl.«

Simone nickte und lächelte immer noch. Hannes kam mit zwei Gläsern Sekt auf sie zu.

»Du trinkst?« fragte der erste Techniker.

»Recht so«, sagte der dritte. »Sonst verkrampfst du dich noch mehr. Über dreißig, hat unsere Hebamme gemeint, sollte man's eigentlich ganz verbieten. Völlig verkopft, da geht dann gar nichts mehr.«

»Wie hat's dir gefallen?« fragte Hannes.

Simone befühlte den schartigen Stiel ihres Sektglases. »Ich hab kein Wort verstanden. Muß man nicht verstehen, was sie singen?«

»Sag ich doch, verkopft«, der Techniker grinste breit. »Ich hab noch nie was verstanden, und dabei hör ich das jetzt schon zum hundertsten Mal.«

Nach vier weiteren Aufführungen und einem Gastspiel in Graz war Sommerpause, und Hannes arbeitete zu Hause. Er saß im feuchten ehemaligen Kinderzimmer oder, wenn es ihm dort zu ungemütlich wurde, auf einem Stuhl unter dem Apfelbaum; er hielt seinen Laptop auf den Knien und blinzelte nachdenklich in den Himmel. Besonders tüchtig sah er nicht aus, und Simone schämte sich vor den Nachbarn.

»Kannst du nicht wenigstens mal den Rasen mähen?« sagte sie, denn die Nachbarn taten das alle zwei Tage.

»Haben wir denn einen Rasenmäher?« fragte Hannes und

sah wieder in den Himmel. Simone nahm sein Auto und fuhr zur Vorsorge.

»Na endlich!« sagte die Gynäkologin, drückte am Bildschirm die Pausetaste und drehte ihn zu Simone hin. »Also – was ist es?« fragte sie triumphierend.

Simone besah sich die schwarzweißen Schlieren. Sie spürte, wie ihr der Schweiß ausbrach. Jetzt, kurz vor der Enthüllung, war sie nicht mehr sicher, ob sie es wirklich wissen wollte, aber für Einspruch war es zu spät, und sie hätte auch nicht erklären können, woher der plötzliche Sinneswandel kam.

»Ich hab keine Ahnung«, sagte sie.

»Na gut«, sagte die Gynäkologin und schaltete das Gerät wieder auf Direktübertragung. »Hier! Sehen Sie mal. Sehr schön.«

»Was ist es denn nun?« fragte Simone mit krächzender Stimme.

»Ein Mädchen ist es! Eindeutig ein Mädchen.«

Als Simone nach Hause kam, sah sie Hannes am Zaun stehen und mit der Nachbarin reden. Simone parkte das Auto, holte tief Luft und stieg aus. Die Nachbarin trug enge Jeans und machte eine ruckende Kopfbewegung in Simones Richtung, so daß Hannes sich umdrehte. Simone setzte ihr bewährtes Lächeln auf und stellte sich dazu. »Ich weiß jetzt, was es wird«, sagte sie in das mißmutige Gesicht der Nachbarin hinein. »Wollen Sie und Ihr Mann vielleicht mal zum Essen kommen?«

In der Küche mixte Hannes einen alkoholfreien Cocktail mit viel Eis zum Anstoßen.
»Ein Mädchen«, murmelte er, »unfaßbar.«
»Ganz sicher ist es nie«, sagte Simone. »Jedenfalls nicht bei Mädchen. Was hast du mit der Nachbarin geredet?«
»Ich wollte ihren Rasenmäher ausleihen. Jetzt fragt sie den Mann, aber versprechen kann sie nichts. Weil auch die Klingen so schnell stumpf werden.« Er lachte. »Sie hat gute Beine.«
»Wie bitte?« Simone starrte ihn an.
Hannes faßte nachdenklich an ihren Bauch. »Du hattest recht. Ein Mädchen ist besser.«

Hannes behauptete, vor ihr nur mit acht Frauen geschlafen zu haben. Simone schien das untertrieben.
»Du mußt mich nicht schonen«, sagte sie, »wir sind keine zwanzig mehr.«
In der Zeit, als in ihrem Leben alles zu Ende ging, hatte sie sich darauf eingestellt, nie wieder mit einem Mann zu schlafen.
»Sei nicht albern«, hatte Anna damals gesagt. »Zur Not nimmst du meinen Bruder oder einen Schwarzafrikaner ohne Aufenthaltsgenehmigung.«
Aber selbst das hatte nicht gegen die Panik geholfen; geholfen hatte Hannes, der sie nach Annas Geburtstagsfeier und mehreren Flaschen Rotwein mit nach Hause nahm und ihr die champagnerfarbenen Strumpfhosen auszog. »Du

machst das nicht zum ersten Mal«, sagte Simone in seinem Bett, und Hannes hatte nicht widersprochen. Später meinte er, es wäre ein Mißverständnis gewesen, und mit einer Frau, von der er nicht mal den Nachnamen kannte, habe er es tatsächlich noch nie gemacht.

Jetzt, kurz vor dem großen Raclette-Essen, war Simone sich sicher, daß er die Nachbarin vögelte.

»Hör doch auf«, sagte Hannes. »Wenn das der Fall wäre, hätte sie mir ohne weiteres den Rasenmäher geliehen.«

Simone sah auf ihren Bauch, der inzwischen ziemlich im Weg war, und schüttelte den Kopf.

»So plump seid ihr nicht. Ihr seid raffiniert. Nach außen hin tut ihr so, als ob ihr euch nicht kennt, aber sobald ich euch den Rücken kehre, fallt ihr übereinander her.«

»Ich mag sie gar nicht.«

»Aber ihre Beine.«

Es war Ende des achten Monats, und Simone wurde langsam nervös. Wenn Hannes tatsächlich nichts als gute Eigenschaften besaß, war sie genetisch ganz allein verantwortlich für die Charakterschwächen des Kindes. In Erziehungsfragen war er ihr dann ohnehin überlegen; er war objektiv betrachtet einfach der bessere Umgang und würde das Kind schließlich vor ihr in Sicherheit bringen und alleine großziehen. Sie durfte es vielleicht noch an den Feiertagen sehen unter Aufsicht des Jugendamtes in einem öffentlichen Spielzimmer, das nach Desinfektionsmitteln roch. Da war es doch leichter, einen kleinen Seitensprung zu tolerieren.

»Ich habe nichts dagegen«, sagte Simone, »solange ihr es drüben macht und nicht hier bei uns.«
Hannes seufzte. »Darf ich nicht wenigstens noch zwei, drei Jahre warten?« Er füllte saure Gurken und Silberzwiebeln in kleine Schüsseln. Simone schnitt Käse.
»Auf keinen Fall«, sagte sie. »Es muß schändlich sein. In drei Jahren ist es normal und in Ordnung. Am schändlichsten ist es in der Zeit vor der Niederkunft.« Sie warf das Messer hin und sah Hannes böse an. »Außerdem brauchst du nicht abzulenken. Das ist ein billiger Trick: leugnen und die Frau als hysterisch hinstellen. Nicht mit mir, mein Lieber.«
Sie deckte den Tisch und steckte den Raclette-Grill ein. Durchs Fenster sah man die Nachbarn aus ihrem Haus kommen.
»Warum hast du sie nur eingeladen«, sagte Hannes.
»Tut mir leid«, sagte Simone. »Das war ein Versehen.«

Es war nicht so schwierig, wie Simone geglaubt hatte. Sobald die Nachbarn bei ihr in der Küche standen, sahen sie nicht mehr grimmig und desinteressiert, sondern harmlos und pflichteifrig aus.
»Helmut«, sagte der Mann mit vorgestreckter Hand und wäre um ein Haar über das Kabel des Raclette-Grills gestolpert.
»Susa«, sagte die Nachbarin und hielt ihn am Hosenbund fest.

»Grade noch mal gut gegangen«, sagte Hannes.
»Verlängerungsschnur wäre nicht schlecht«, sagte Helmut.
Und schon waren sie mittendrin.
Helmut und Susa hatten zwei Kinder, die beide per Kaiserschnitt geholt worden waren, und was das neue Dach betraf, hatten sie schon ein bißchen knobeln müssen, um das Geld dafür aufzubringen.
»Aber was sein muß, muß sein«, sagte Helmut, und dann länger nichts mehr. Er trank in ordentlichem Tempo, und Hannes hielt mit.
»Um Wein zu lagern, sind die feuchten Räume ideal«, sagte Hannes.
Susa verstand die Anspielung und behauptete, keine Ahnung gehabt zu haben.
»Dafür ist es aber charmant eingerichtet«, sagte sie und legte ihre Hand auf Simones. »Und es paßt zu euch.«
Sie aßen zweieinhalb Stunden lang.
Simone, die nur Wasser und Apfelsaft trank, bemerkte immer mehr grammatikalische Unsicherheiten in den Aussagen der anderen.
»Ich mach mal Musik an«, sagte Hannes und stand auf.
Helmut starrte mit trüben Augen auf Simones Bauch, legte den Arm um Susas Stuhllehne und beugte sich vor. »Hast du eigentlich keine Angst, was da rauskommen könnte?«
»Doch«, sagte Simone.
»Ich nicht«, sagte Helmut zufrieden und ließ sich wieder zurückfallen. »Ich hab volles Vertrauen zu dir.«

»Danke«, sagte Simone.
Aus dem ehemaligen Kinderzimmer klangen einzelne Posaunentöne herüber, und Hannes kam zurück und lehnte sich in den Türrahmen.
»Ratet, wer da bläst«, sagte er.
»Nein«, sagte Susa, »du bist Musiker? Man hört dich nie üben.«
»Ein einmaliges Experiment«, sagte Hannes.
Simone sah ihn erstaunt an. Auch davon hatte sie nichts gewußt. Helmut stand auf, wankte zu Hannes rüber und zog ihn am Hemd.
»Laß mal den Rest der Sammlung sehen« sagte er.
Susa legte schon wieder ihre Hand auf Simones.
»Da hast du wirklich ein Goldstück erwischt«, flüsterte sie vertraulich. »Das wird ein ganz, ganz lieber Papa.«
Simone nickte erschöpft.

»Lügst du oft?« fragte Simone, als sie im Bett lagen. Sie hatte die Decke zwischen den Knien zusammengeknüllt und sah in Hannes' alkoholverschleierte Augen.
»Ich glaube nicht«, sagte er und gähnte.
»Okay, wie oft?« fragte Simone. »Heute abend zum Beispiel.«
»Was meinst du? Wann soll ich gelogen haben?«
»Keine Ahnung.«
Hannes gähnte wieder. »Sag, worauf du hinauswillst. Ich kann nicht mehr gut denken.«

»Irgendwas ist faul«, sagte Simone. »Und ich krieg's raus. Glaub bloß nicht, daß ich das nicht rauskriege.«
Hannes sah sie an und lächelte. Ein schönes, breites Lächeln über dem frischrasierten Kinn. Seit Simone sich ganz zu Anfang beim Küssen wundgerieben hatte, rasierte er sich auch abends, egal, wie müde er war.
»Ist doch gutgegangen«, murmelte er. Dann fielen ihm die Augen zu.
Simone starrte weiter. Seine Wimpern waren dicht und dunkel, die Ohren standen ein bißchen ab. Er schlief ohne Pyjamajacke, so daß seine Schulter im Licht der Nachttischlampe schimmerte. Er war alles, was man sich nur wünschen konnte, und sie hatte ihn sich geschnappt und wohnte mit ihm in einem Haus auf dem Land, wo nicht mal die Nachbarn noch zum Fürchten waren. Bald, laut Berechnung schon Ende August, würde das Baby kommen; es würde die gleichen Wimpern haben wie er und noch weichere Haut. Sie war die Mutter, und die nächsten zwanzig Jahre ihres Lebens würden nicht sinnlos verstreichen, sondern voll von Terminen sein, die das Kind vorgab: Laufenlernen, Einschulung, erste Regelblutung, Auszug. Sie und Hannes würden währenddessen alt werden, aber das würde unbemerkt geschehen, ganz natürlich und ohne Reue. Hannes und Simone. Helmut und Susanne. Charles und Diana. Elternpaare, TV-Romane. Das, wovon sie geträumt hatte.

Der Geburtstermin war ein Mittwoch, und nichts geschah, außer daß die Nachbarin im Hosenanzug aus ihrem Haus trat und zum Kaufmannsbus ging. Es waren mindestens dreißig Grad, und Hannes saß im kühlen ehemaligen Kinderzimmer und summte und tippte. Simone steckte Geld ein und lief die Straße hinauf. An der Kasse im Bus packte die Nachbarin ihre Einkäufe in die Tüten. Simone sah zu, wie sie wacklig die Stufen runterstieg.
»Soll ich Ihnen beim Tragen helfen?« fragte sie und streckte die leeren Hände aus. Die Nachbarin hob den Kopf. Simone bemerkte kleine Schweißperlen auf ihrer Oberlippe und ein altes Pflaster hinter ihrem Ohr. »Wir kennen uns nicht, aber ich wohne gegenüber«, fügte sie schnell hinzu.
»Ich weiß«, sagte die Nachbarin, musterte kurz Simones dicken Bauch und ging an ihr vorbei.
Simone sah ihr nach.
»Soll's denn was sein da draußen?« rief die Verkäuferin aus dem Bus, und als Simone nicht antwortete, schloß sie die Tür und ließ den Motor an.
Die Luft flimmerte über dem Kreisverkehr Richtung Kindergarten und Bundesstraße; Autos würden erst später wieder kommen. Gestern hatte Anna angerufen, um Simone für die Entbindung viel Glück zu wünschen, und Hannes hatte vorsichtshalber vollgetankt und mit Hilfe einiger Spreizdübel einen Heizstrahler über der Wickelkommode angebracht, dreißig Grad Hochsommer hin oder her. Helmut und Susa waren mit ihren Kindern in den Urlaub

gefahren, und Hannes sollte die Blumen gießen, als Ausgleich für den geliehenen Rasenmäher. Alles war geregelt, aber nichts geschah. Ein Tiefflieger machte Krach, und zwei Amseln flogen auf. Das Kind bewegte sich nicht, vielleicht, weil es schon im Geburtskanal feststeckte. Ab heute würde sie täglich zur Untersuchung fahren, um die Herztöne überprüfen zu lassen; zweimal hatten sie bisher schon ausgesetzt, aber das hatte nach Angabe der Gynäkologin am Gerät gelegen. Simone schloß die Augen und versuchte, die Herztöne unverstärkt wahrzunehmen. Sie hörte ein leises Brummen ganz hinten in ihrem Kopf und spürte, wie der Schweiß sich zwischen ihren Brüsten sammelte. Ihr Bauchnabel spannte.

»Hast du Angst?« hatte Hannes gestern nacht gefragt, aber Simone konnte sich nicht vorstellen, daß die Geburt wirklich weh tat. Wenn sie ehrlich war, konnte sie sich allerdings auch nicht vorstellen, daß das Kind jemals rauskommen und dann sein eigenes Leben führen würde.

Sie machte die Augen wieder auf und sah Hannes, der ihr auf dem Bürgersteig entgegenkam. Er trug kurze Hosen und sah dennoch kein bißchen lächerlich aus.

»Verfolgst du mich?« fragte Simone.

Hannes nickte. »Ich will, daß es endlich losgeht.«

Er hielt ihr ein Päckchen hin. »Von der Nachbarin«, sagte er.

Simone sah ihn erstaunt an. »Hast du mit der auch was?«

»Ja. Das soll ich dir geben.«

Simone riß das Papier auf. Rosa Söckchen und rosa Handschuhe, selbst gestrickt und mit einer Kordel zusammengebunden. Simone zögerte, dann gab sie Hannes die Sachen zurück.
»Ich hab's mir überlegt«, sagte sie mit Blick auf seine perfekten, gebräunten Hände. »Ich hab mir die Sache eingebrockt, ich löffel sie auch wieder aus. Wirklich. Du bist der letzte, den ich unglücklich sehen will. Du hast alles verdient, was du dir wünschen kannst. Ehrlich.«
Simone machte kehrt und ging Richtung Haus zurück.
»Simone?« Hannes hielt sie am Arm fest. Simone zog ihn mit sich.
»Du kannst schließlich nichts dafür«, sagte sie. »Du hast keine Ahnung gehabt, also sollst du auch nicht dein Leben lang dafür büßen müssen.«
Hannes nickte. Simone seufzte erleichtert.
»Ich ruf Anna an, ob ich zu ihr kommen kann. Oder ein Mutter-Kind-Heim. Irgendwas, das realistischer ist.«
»Jetzt gleich?«
Sie waren am Gartentor angekommen, und Simone spürte ein Ziehen über dem Steißbein und mußte plötzlich dringend aufs Klo. Sie ließ Hannes stehen und lief ins Haus. Als sie sich setzte, wurde ihr schwarz vor Augen, und das Ziehen war kein Ziehen mehr, sondern ein gemeiner Schmerz. Sie lehnte sich am Spülkasten an.
»Geht's jetzt los?« rief Hannes aus der Diele.
Simone riß Papier von der Rolle, mußte sich dann aber an

ihren Knien festklammern, um die nächste Wehe zu überstehen.
Hannes klopfte an die Klotür. Simone holte Luft und streckte sich, um aufzusperren.
»Ich komm nicht mehr hoch«, sagte sie, »gleich tut's wieder weh.«
»Drei-Minuten-Abstand?« fragte Hannes, aber Simone konnte nicht mehr antworten. Hannes bückte sich und zog sie hoch.
»Dann geht's jetzt also los«, sagte er zufrieden.

Nach und nach gewöhnte Simone sich an das Leben, das sie sich gewünscht hatte. Die Geburt hatte so schrecklich weh getan, daß sie sich währenddessen schwor, nie wieder mit einem Mann zu schlafen, aber dann war das Kind da und brüllte und war tatsächlich ein Mädchen. Simone war zu müde, um nicht alles anzunehmen, was Hannes ihr vorschlug, und als sie nach einem halben Jahr langsam wieder in sich selbst hätte hineinhorchen können, fiel im Kinderzimmer der Heizkörper von der Wand, durch das austretende Wasser wurden die Wände im Haus noch feuchter, die gesamte Heizungsanlage entpuppte sich als selbstgebastelter Pfusch, und Hannes lieh sich von seinem Opernregisseur fünfzehntausend Euro, um die Sache in Ordnung zu bringen, bevor das Kind erfroren war. Passend zur neuen Heizung nähte Simone bodenlange Vorhänge, und als das Kind groß genug war, um sich daran hochzuziehen,

tauschte sie sie gegen praktische Schnapprollos aus. Ab und zu kamen Susa und Helmut zum Abendessen, oder Simone und Hannes gingen mit dem Babyphone nach drüben und redeten über Jazz und Fahrradhelme und genmanipuliertes Gemüse. Hannes hatte an diesen Abenden besondere Mühe, die Augen offenzuhalten, und drehte hoffnungsvoll am Lautstärkeregler des Babyphones.
Das einzige Mal, daß er wirklich nach Hause gerufen wurde, fand Simone ihn später mit dem Baby im großen Bett; sie hatten einander die Gesichter zugewandt und schnauften beide durch leicht verstopfte Nasen. Simone stand in Jacke und Stiefeln in der Schlafzimmertür und betrachtete sie. Sie war zu betrunken, um sich viel dazu zu denken. Daß es schön aussah, war klar.

Nichts dazwischen

Erwachsen oder nicht, sie war immer dieselbe. Wie ein Schneeball, den man über die verschneite Wiese rollt – er wird größer, weil etwas klebenbleibt, aber sonst verändert sich nichts.

Natürlich gab es einiges, das sie früher getan hatte und jetzt nicht mehr tat: Ins Hallenbad gehen, Kopf voraus vom Dreimeterbrett springen, den Badeanzug überm Abflußgitter der Umkleidekabine auswringen und Zehnpfennigstücke in den Fön an der Wand werfen.

Es gab Dinge, von denen sie nicht gedacht hätte, daß sie sie jemals tun würde: Auf eine schlechte Nachricht hin Whiskey bestellen. Einem Taxifahrer zehn Euro Trinkgeld geben. Lippenstift tragen und Körbchen-BHs.

Und dann gab es Dinge, die sie weiterhin tat, die ihren Reiz aber verloren hatten: Kastanien sammeln im Herbst, Zug fahren bei Nacht und den Rauch der Zigarette durch die Nase rauspusten. Den Schwiegereltern gefallen.

Im Bett behielt sie zur Zeit die Strümpfe an, weil ihre Füße nicht richtig warm wurden.

»Wie soll ich mich entspannen«, sang sie auf eine klagende Kirchenliedmelodie, »wie überleb ich hier?«

Niemand antwortete, aber der Schein der Straßenlaterne warf das Fensterkreuz als Schatten an die Wand.
Ab 22 Uhr lief im Radio eine Sendung, die »Feelings« hieß. Sicherlich gab es Menschen, die sich an sie erinnerten, vielleicht nicht eben jetzt, aber morgen oder in vierzehn Tagen. Sonntags rief ab und zu jemand an, dessen Mutter fast die gleiche Telefonnummer hatte wie sie.

Im Minimal am Hauptbahnhof suchte sie nach den Negerküssen im Kokosmantel, die sie als Kind gerne gegessen hatte, aber auch dort gab es keine. Vor den Kassen hing eine Klingelschnur, mit der die Kundschaft die Kassiererinnen heranrufen konnte. Sie wartete mit ihrem leeren Wagen in der Schlange, bis sie ihn mit einem entschuldigenden Lächeln an der Kasse vorbeischieben konnte. Fast hätte sie ihre Handschuhe im Kindersitz vergessen.
Sie ging die Nikolaistraße hoch zum Weihnachtsmarkt und fragte an den Süßwarenständen: dort gehörten sie eigentlich hin, in eine Reihe mit den glasierten Äpfeln, den Schaumwaffeln und Kuvertüre-Bananen, aber die Verkäufer sahen sie an, als habe sie nach Hering in Aspik verlangt. Auf dem Karussell weinte ein Kind, dem es zu schnell ging, und wurde dabei von seinem Vater gefilmt. Ohne nachzudenken sortierte sie Haribofiguren in ein Zellophantütchen und bezahlte drei Euro dreißig.
»Wonach soll ich verlangen«, sang sie, »und wie verberg ich's mir?«

Die Brustwarzen der Schaufensterpuppen zeichneten sich unter den Pullovern ab. Wenn sie sich beeilte, kam sie bis nach Hause, ohne in die Tüte greifen zu müssen.

Morgens wurde sie von einem jungen Elektriker in Latzhosen aus dem Bett geklingelt. Er komme im Auftrag der Hausverwaltung, um die Gegensprechanlage aufzurüsten. Sie lächelte zur Seite, damit er ihren Schlafatem nicht riechen mußte. Zehn Minuten später hatte die Klingel einen kleinen Knopf, mit dem sie sie jederzeit abstellen konnte.
»Wie soll ich dich belangen? Und wie vergeb ich dir?«
Nach dem Duschen wischte sie eine Ecke des Spiegels frei und dachte an eine ehemalige Freundin, die sie inzwischen aus ihrem Leben ausgeschnitten hatte, die aber wahrscheinlich auch noch irgendwo duschte. Sie versuchte, auf dem Spiegel eine Art Soziogramm aufzuzeichnen, wirre Linien zwischen der blanken Ecke, die sie selbst war, und den Kringeln der Leute, die sie einmal gekannt hatte.
Es dämmerte schon. Es wurde gar nicht richtig hell.

An Heiligabend nahm sie die Regionalbahn Richtung Berlin. In Falkenberg stand sie eine halbe Stunde auf dem unteren Bahnsteig und wartete auf Anschluß. Zwischen den Abstellgleisen glitzerte Rauhreif, sie dachte routinemäßig an den Kokosmantel und schob die kalten Finger unter die Pulloverbündchen. Ottis Kiosk hatte nicht geöffnet, und

wenn, hätte sie trotzdem nicht nachgefragt. Es war nicht schlimm, ein Vorhaben aufzugeben. Irgendwann würden die Negerküsse von allein wieder auftauchen, da war sie sich sicher.
Sie summte. Es war nicht schwierig, spontan zu verreisen, man konnte sich an die Pläne im Städteverbindungsheft halten. Die Züge wurden regelmäßig von Reinigungskolonnen geputzt, die Abfälle von den Reisenden selbst in verschiedene Fächer achteckiger Mülltonnen sortiert.
Sie wäre gern diejenige gewesen, die sich die Mülltonnen ausge-dacht hatte. Es gab unzählige Dinge, die jeden Tag erfunden wurden. Mit zwölf war ihr eines Nachmittags auf dem Heimweg aufgefallen, daß es relativ unwahrscheinlich war, in absehbarer Zeit als Junge wiedergeboren zu werden. Erst dadurch, daß sie es plötzlich nicht mehr glaubte, war ihr bewußt geworden, daß sie es vorher wohl geglaubt hatte.
Sie sang: »Wie soll ich mich bemannen? Und wie beleg ich's dir?«
Es war wichtig, vor der richtigen Tür zu stehen. Dort wo sie stand, würde wahrscheinlich das Fahrradabteil zum Halten kommen. Im Winter hatten nur wenige Leute ein Fahrrad bei sich, es sei denn als Weihnachtsgeschenk. Auf die Schilder mit Großbuchstaben, die auf anderen Bahnhöfen die Bahnsteige unterteilten, hatte man in Falkenberg verzichtet. Sicherheitshalber ging sie ein Stück nach vorn.

In Berlin angekommen, stellte sie sich zu der Gruppe von Menschen, die in der Ankunftshalle auf die Videowand schauten. Sie überlegte, ob Ikea der erste Laden in Stuttgart gewesen war, in dem es eine Fernsehecke gegeben hatte, in die Eltern ihre Kinder setzen konnten, um ungestört einkaufen zu gehen. Es hatte ihr schon damals nicht gefallen, den unzusammenhängenden Mittelteil irgendeiner Zeichentrickserie anzusehen, nur um abgelenkt zu sein. Einmal war sie für eine Stunde im Kaufhaushort der Firma Breuninger abgegeben worden und verzweifelt, weil sie es nicht schaffte, dort Freunde zu finden.

Sie setzte sich in die U-Bahn, um sich auf der Fahrt durch Schöneberg und Kreuzberg die lichtgeschmückten Fenster der Mietshäuser anzusehen. Mit ihr im Waggon saßen Gruppen junger Männer, die wahrscheinlich auf Montage waren. Als die Bahn hinterm Wittenbergplatz aus der Erde auftauchte, kniete sie sich auf die Bank und preßte das Gesicht gegen die Scheibe. Es gab nichts zum Festhalten, sie rutschte in den Kurven hin und her, aber die blinkenden Lichterketten und Leuchtsterne waren wirklich wunderschön.

An der Endstation blieb sie sitzen und öffnete die Keksdose, die ihre Schwester ihr geschickt hatte. Es waren die gleichen Plätzchen, die es früher bei den Eltern gegeben hatte, und noch früher bei den Eltern der Mutter. Sie nahm eines und biß hinein, aber als der Beamte kam, um nachzusehen, ob alle ausgestiegen waren, bot sie ihm keines an. Schließlich war sie hier nicht auf dem Dorf, auch an Weihnachten nicht. Sie ließ sich in die Bahn gegenüber schicken und fuhr den Weg zurück, diesmal ohne hinauszuschauen.

In der Kirche war es voll. Sie setzte sich ins Seitenschiff und sah statt auf den Pfarrer auf den kleinen weißen Lautsprecher an der Säule vor sich, aus dem seine Stimme kam. Es knisterte, und die Worte waren kaum zu verstehen, aber als die Orgel anfing zu spielen, erinnerte sie sich an die Zeilen, die zu Weihnachten richtig waren.
»Wie soll ich dich empfangen? Und wie begegn' ich dir?« sang sie und wußte für einen Moment, wer gemeint war. Ob Kind oder nicht, sie war immer dieselbe. Aus dem Faltblatt, auf das der Ablauf des Gottesdienstes kopiert war, ließ sich ein Schiffchen falten. Zwar gab es heute für sie keinen Putenrollbraten, aber wie er schmeckte, wußte sie genau.

Am Sonntag rief sie ihre Mutter an. Die Verbindung war schlecht, weil die Mutter zu Weihnachten ein schnurloses Telefon geschenkt bekommen hatte. »Zurück zur Station!« hörte sie den Vater im Hintergrund rufen, dann waren beide fort.
Am Himmel meinte sie, einen Satelliten vorbeifliegen zu sehen. Sender und Empfänger, dachte sie und nahm probehalber den Hörer der Gegensprechanlage ab. Begegnung und Ausweichmöglichkeit. Niemand meldete sich.

In den Passagen am Hauptbahnhof machte eine Drogerie auf, die Gummibonbons mit Johannisbeergeschmack führte. Sie kaufte auf Vorrat und fuhr mit der Straßenbahn zurück in die Stadt. Die Kinder, die zustiegen, trugen zu Pudeln zusammengebundene Luftballons in den Händen. Innerhalb kürzester Zeit war die erste Tüte leer. Eines der Kinder setzte sich neben sie und drehte seinem Pudel ein fünftes Bein. Ihr war übel. Sie wußte, wie man den Pudel ohne Knall abstechen konnte, man brauchte nur ein Stück Tesafilm.
Ein Lied fiel ihr nicht ein.
Am Augustusplatz stieg sie aus, setzte sich ins Wartehäuschen und beschloß, sich nie wieder etwas Gutes zu tun. Sie sah auf die gelbe Leuchtschrift, die die nächste Straßenbahn ankündigte und die wieder verschwand, egal, ob die Bahn eingetroffen war oder nicht.

Vielleicht war sie doch nicht mehr dieselbe. Auf ihren Oberschenkeln platzten Äderchen und bildeten ein unbekanntes Muster; sie dachte an die Figuren, die man als Kind erraten sollte, indem man Zahlen miteinander verband, aber dafür war sie jetzt zu alt. Sie wußte auch ohne die Linien, welches Tier gemeint war.
Sonntags rief ab und zu jemand an, dessen Mutter fast die gleiche Telefonnummer hatte wie sie.

Anke Stelling
Robby Dannenberg
Nimm mich mit
Roman
Band 15243

Miri ist 24 und auf der Suche nach dem ganz speziellen Glück: Drogensüchtig und ohne festen Wohnsitz, hat sie auf den Straßen Leipzigs schon früh alle Illusionen verloren. Bernd dagegen ist mit Anfang 40 voller Hoffnung nach Leipzig gezogen. Frustriert von den Enttäuschungen seiner Vergangenheit, träumt er davon, seine verlorenen Ideale im Osten wiederzufinden – doch die Wirklichkeit zehn Jahre nach der Wende ist eine andere: Die Frauen sind die falschen und die Fußgängerzonen die gleichen wie in Pforzheim.

Bernd und Miri verbindet zu Anfang nicht mehr, als dass er Geld hat und sie keins. Auch als sie sich langsam näherkommen, bleiben sie sich fremd und undurchschaubar. Als die rätselhafte Tamara auftaucht, glaubt Bernd hinter Miris Geheimnis gekommen zu sein.

Collection S. Fischer

fi 15243 / 1

Ricarda Junge
Silberfaden
Erzählungen
Band 15476

Da, wo diese Erzählungen spielen, wohnen keine Touristen. Auch wenn es in New York, Leipzig, Berlin, Krakau oder auch in Travemünde viel Sehenswertes gibt, Ricarda Junge richtet den Blick dahin, wo das Leben nicht nur zu besichtigen ist. Ihre Heldinnen und Helden suchen noch den Ort, der ihnen einen Alltag bietet. Oft sind sie nur auf Durchreise von einem Leben in ein anderes. Sie sehnen sich nach einem Stück Himmel und müssen immer wieder lernen, sich zu erfinden, zu lieben, zu begehren. Feinfühlig und genau erzählt Ricarda Junge von Menschen, die sich in der Widersprüchlichkeit der Welt nur ebenso widersprüchlich einzurichten verstehen.

Collection S. Fischer

fi 15476 / 1

Maike Wetzel
Lange Tage
Erzählungen
Band 16020

Es ist ein Irrtum zu denken, Menschen suchten die Nähe – selbst wenn die Hand schon auf dem Oberschenkel liegt. Und sagt ein Mann zu einer Frau, ich liebe dich, beginnt mitunter erst der Kampf. Manche Leidenschaft ist nur Langeweile und Lust nicht mehr als ein Zeitvertreib. Die Verheißungen sind groß, die Ängste ebenfalls.
Maike Wetzel erzählt Geschichten vom Erwachsenwerden. Das Leben ist plötzlich kein Zuckerschlecken mehr und es genügt nicht, nur Zeuge zu sein.
In glasklaren und eindringlichen Sätzen schildert Maike Wetzel die vertrackten Beziehungen ihrer jungen Helden, ihr Ausloten der Liebe, der Wahrheit und der zwei Seiten der Unabhängigkeit.

»Gestochen scharfe Bilder für Sehnsüchte und Emotionen sind Maike Wetzels Stärke. Inszenierten Schnappschüssen gleich legt ihr lakonischer Stil mit seinen komprimierten Sätzen das Poetische in den Dramen des Alltags frei.«
Der Tagesspiegel

Collection S. Fischer

fi 16020 / 1

Lena Kugler
Wie viele Züge
Roman
Band 14992

»Wie viele Züge« erzählt von einer Reise in die Wirklichkeit wie in sich selbst. Eine Reise, die ein Abenteuer und phantastisches Märchen ist, mitten in die magische Realität der winterlichen Krim, zu einer zu Bildern gefrorenen Vergangenheit. Eine Reise, auf der Jula ihre eigene, unbekannte Geschichte entdeckt.

Collection S. Fischer

fi 14992 / 1

Henning Ahrens
Lauf Jäger lauf
Roman

Band 15544

Lauf Jäger lauf – so schrecklich-schön wie das Kinderlied ist auch dieser Roman. Oskar Zorrow, unterwegs im ICE, erblickt aus dem Zugfenster einen Fuchs. Einem plötzlichen Impuls folgend, zieht er die Notbremse, um dem Tier hinterherzulaufen. Doch er wird selbst zum Gejagten und gerät in die Fänge einer Schar von Menschen, die sich »die Widergänger« nennen und auf einem Gutshof in der Nähe eines geheimnisumwitterten Nebellandes leben. An Flucht ist nicht zu denken, denn nur John Schmutz, der Kopf der Widergänger, vermag den Nebel, der alle Erinnerung auslöscht, zu durchqueren. Oskar Zorrow ist zum Ausharren gezwungen ...

Collection S. Fischer

fi 15544 / 1